北京大兴国际机场筹建工作口述纪实

主编 张振东 韩 旭

中国书店

图书在版编目（CIP）数据

北京大兴国际机场筹建工作口述纪实 / 张振东 韩旭 主编.
— 北京 ：中国书店，2019.9
ISBN 978-7-5149-2368-1

Ⅰ. ①北… Ⅱ. ①张… ②韩… Ⅲ. ①纪实文学—作品集
—中国—当代 Ⅳ. ①I25

中国版本图书馆CIP数据核字(2019)第163984号

北京大兴国际机场筹建工作口述纪实

主　　编　张振东　韩　旭
责任编辑　孔　玉

出版发行：中国书店
地　　址：北京市西城区琉璃厂东街115号
邮　　编：100050
印　　刷：中国电影出版社印刷厂
开　　本：710mm×1000mm　1/16
版　　次：2019年9月第1版第1次印刷
印　　张：18
字　　数：200千字
书　　号：ISBN 978-7-5149-2368-1
定　　价：98.00元

北京大兴国际机场筹建工作口述纪实

编委会

北京大兴国际机场筹建工作口述纪实

编辑部

序 言

北京大兴国际机场是国家“十二五”规划重点建设项目，是首都的重大标志性工程，是国家发展一个新的动力源。从2006年正式启动新机场选址论证工作，到2019年6月新机场全部竣工，历时十三年。十三年来，为了保证新机场项目的顺利推进，大兴区委、区政府实施了史上最严格的区域管控，打击违法建设、非法经营，最终如期完成红线范围内以及噪音区38个村8295户3.3万农民的整体搬迁安置。其间，无论是机场选址论证，还是区域管控，以及农民搬迁安置、服务保障机场建设、谋划临空经济发展，从中都可以看到大兴基层干部群众的艰苦努力、辛勤付出，再一次展现出大兴广大干部群众在重大项目建设、急难险重任务攻坚中具备的“三敢一甘”（敢于担当、敢于创新、敢于碰硬、甘于奉献）的奋斗精神。

一

北京新机场为什么选址大兴？2003年，国家发展改革委相关文件提出：尽早组织专门力量开展第二机场的选址论证工作。2006年，新机场选址论证工作正式启动。2008年，随着北京奥运会的举办，北京要再建个新机场提上议事日程，并已形成意向。北京的大兴、天津的武清、河北的廊坊都在选址范围内，在各方面专家多次调研论证的基础上，2008年11月28日，《北京新机场选址报告》通过国家发改委组织的专家评审会的评审，初步确定选址于北京市大兴区南各庄。

新机场选址北京大兴，从现实条件上看，北京、河北、天津这三个省市，不管是政治地位，还是经济基础，北京的优势都非常明显。从地理位置上看，大兴的地质及气候条件相对来说比较适合建机场。从发展定位上看，作为“首都新世纪发展空间”的大兴，21 世纪之初，后来被机场选中的榆垡、礼贤两镇，就为本地制定了区域规划的核心理念，榆垡要打造“21 世纪京南新市镇”，礼贤要“守住一方净土，造福一方百姓”，这看似机缘巧合的默契，体现出大兴历届党委、政府战略思维的前瞻性。

二

管控与拆迁究竟有多难？ 2008 年 11 月 28 日，新机场初步确定选址大兴，这是载入大兴史册的大事、好事。“天下熙熙，皆为利来；天下攘攘，皆为利往”，随之而来的是利益之争、正邪之辩、人情之患。对于大兴区委、区政府来说，面临着严峻的考验和挑战。

面对规划村红线内及噪音区的 38 个行政村整体拆迁和 3.3 万人的安置问题，既要保障被拆迁人获得合法补偿，又要保障节约机场建设成本；既要按时、按量完成征地任务，又要保持当地社会的平稳过渡。

政府的公信力是拆迁工作的“定海神针”。前期搬迁是政府，特别是地方政府直接面对的工作。机场红线一划定，大兴区委、区政府领导就提出一个不能动摇的核心理念，这就是在拆迁全过程要依靠、贯穿、维护政府的公信力。凡是没有经政府依法批准的违法建设、私搭乱建、违规抢种，一律不赔。政府相关部门立即停止审批红线内企业申报的新项目、新用地、新建设，已建的违建一律强制拆除。大兴靠政府的“公信力”实施了史上最严的八年土地管控。

“打三虫”（地虫、房虫，树虫）是拆迁工作中维护政府公信力的重要措施。管控期间，政策主管部门和当地的村镇管理干部提前设立了巡查组，在处理抢种、抢盖、抢扩的问题上区别对待。如对农民在自家的房基地上和承包田里实施的不正当行为及时制止，这样既减少了违章违法现象，也节省了当地村民不应该投入的成本。此举有效地维护了拆迁工作秩序，对整个大局的稳定和政府的依法赔偿起到了重要的保证作用。

农村基层一线干部成为维护政府公信力的基石。新机场的拆迁工作是一项庞大的系统工程，从拆迁范围红线划定、长达八年的土地管控、政策宣讲、入户清登、赔偿审核，到实施拆迁、腾退和新居的入住，这一过程需要地方政府直面被拆迁村民，直接负责具体工作的是当地的村镇干部和由当地村民组成的工作小组。政策宣传是否准确无误，入户清登是否公正明确，管控措施是否到位，发生矛盾是否处理得及时得体，这些都在考验着村镇干部的政治素养、工作能力和敬业精神。

正是由于有一批敢于担当的基层干部，把政府的政策落到实处，才使拆迁工作顺利进行，保证如约向机场建设单位交付了规划的土地。其间没有一起违法建设建成，没有一例恶意抢盖、抢种得逞，没有一起土地违法违章出租事件形成，没有发生一起集体上访事件。同时也让基层群众在这场大变革中深深体会到政府的人文关怀，维护和树立了政府的公信力。

三

2018 年 9 月 30 日，经党中央、国务院审批同意，北京新机场名称确定为“北京大兴国际机场”。它的落定和运营带来的吸附力、凝聚力、辐射力、穿透力、影响力是不可限量的。纵观国际国内大城市的形成和发展历史，交通是城市发展的定盘星，将决定和改变一个地区经济发展的量级。大兴作为面向京津冀的协同发展示范区、中国第一个世界级机场群所在地，未来发展不可限量。

北京大兴国际机场临空经济区定位为国际交往中心功能承载区、国家航空科技创新引领区、京津冀协同发展示范区。作为首都城郊的大兴区，依托北京市的战略功能定位、市政工程建设基础、国家的政策倾斜、深厚的文化底蕴等不可替代的环境优势，其更加诱人的前景是可以预期的。作为北京大兴国际机场临空经济区（北京部分）开发建设的核心平台，北京新航城公司提出了北京大兴国际机场临空经济区的六大规划愿景：通达之城、文化之城、交往之城、创新之城、印象之城和宜居之城。

2019 年 9 月，在北京紫禁城南中轴线延长线 46 公里处，北京大兴国际机场首期工程将宣告如期落成，它意味着首都北京一扇新国门开启，它将绘就大兴发展的新蓝图。

四

在这片土地建成新机场，是国家确立的战略性重大工程项目，它的着眼点是北京新时期首都功能定位的重大战略需求，是国家京津冀一体化经济发展的战略要求。从区域经济的角度看，它是所在地经济发展可遇不可求的重大契机。然而对于要迁离这片土地的原住民来说，无论是生活方式、生活习惯、思维形式、价值取向，都要经受一场颠覆性变革和洗礼。当他们带上专为他们兴建的搬迁楼的钥匙和补偿款告别村庄、老屋、庭院、果园、树林和土地的那一刻，忽然没有了腰包鼓起来的那种沉甸甸的拥有感，涌上心头的是莫名的失落和惆怅……回望老屋消失的方向，看到新机场即将投入运营的宏伟航站楼，离开这片土地的乡亲们挥之不去的是那近在咫尺的不舍乡愁。但是，正因为他们的舍得、他们的付出，才成就了世人瞩目的“凤凰展翅”，他们最想告知子孙后代，告诉世人的一件事就是今天的北京大兴国际机场那片土地原来是我们的家。

2019 年 7 月

目 录

大兴区礼贤镇行政地图

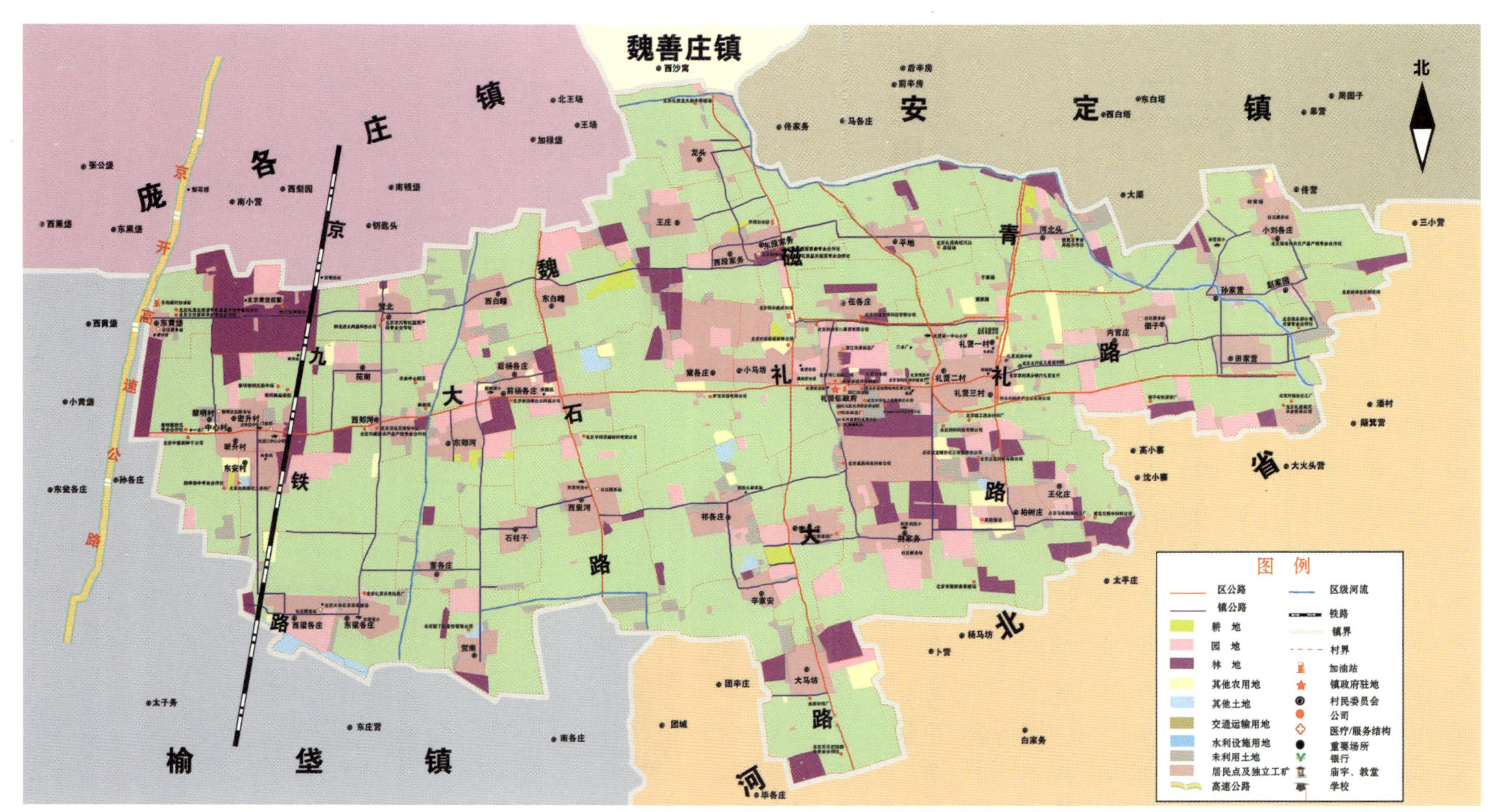

北京市大兴区礼贤镇行政地图

北京市大兴区榆垡镇行政辖区示意图

北京市大兴区榆垡镇行政辖区示意图

北
重点发展航空物流、综合保税、电子商务等产业，打造国际航空物流枢纽。
重点发展航空科教、特色金融、科技创新服务、商务会展、总部经济等产业，建设综合服务保障基地。
航空物流区
（共80平方公里，其中北京30平方公里，河北50平方公里）
服务保障区
（20平方公里）
北京大兴国际机场
科技创新区
（50平方公里）
重点发展航空基础技术创新、航空器及配套产品研发等产业，打造我国航空科技创新的重要基地。
廊坊市
固安县
永清县
固安园区
（固安高新区、固安工业园区）
魏善庄镇
庞各庄镇
安定镇
礼贤镇
万庄镇
九州镇
管家务回族乡
曹家务乡
广阳新兴产业示范区
北京六环
密涿高速
新机场北线高速
京山铁路
京沪高铁
廊涿城际铁路
京霸铁路
京九铁路
大广高速
京台高速
图例
临空经济区
总体管控区
永定河泛区
地级市
区县
省级园区
乡镇
省界
区县界
乡镇界

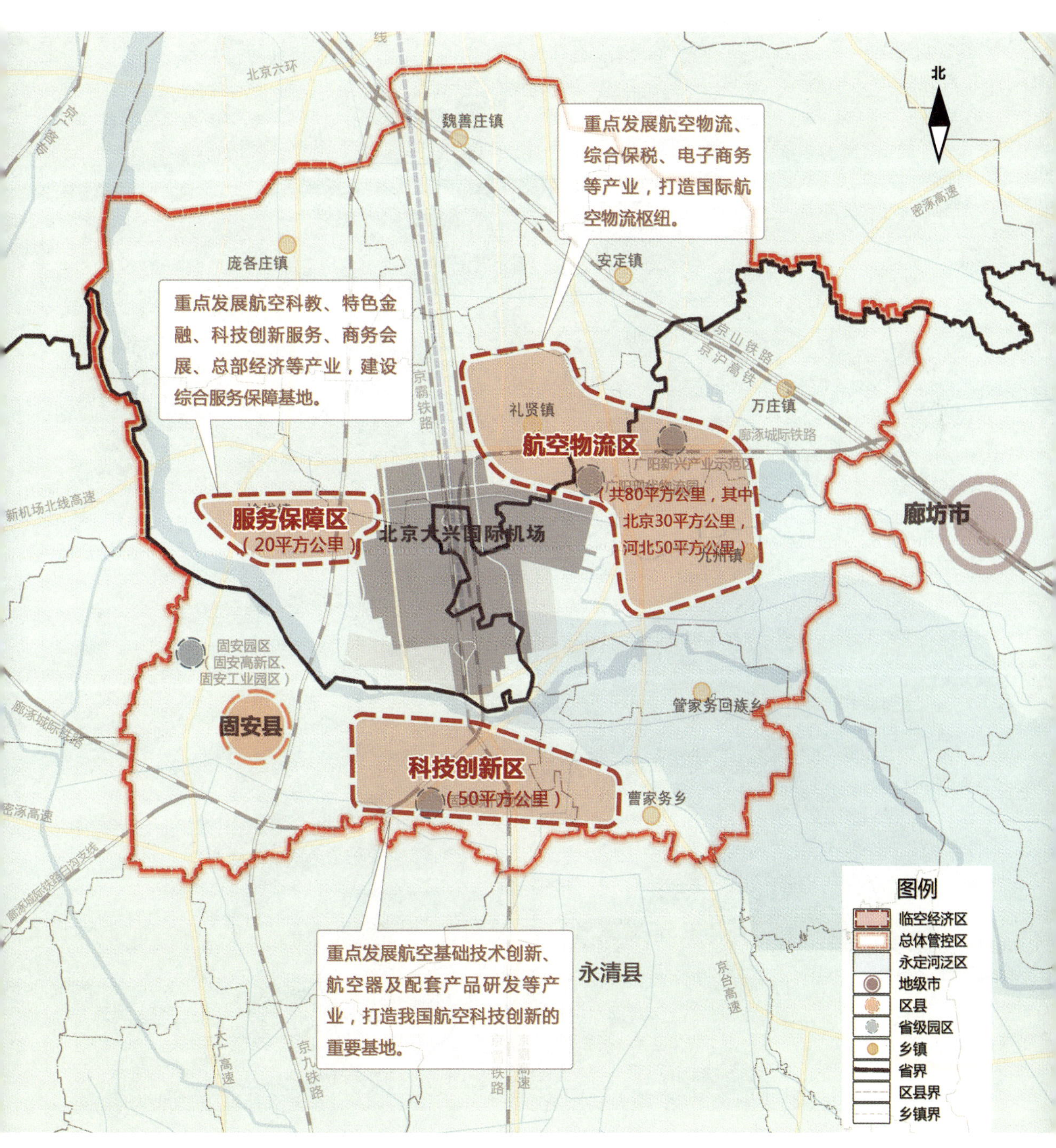

临空经济区规划示意图

北京大兴国际机场俯视图（2018 年 12 月 张磊摄）

受访者简介

邵　恒　男，1962年10月出生，中共党员。2012年3月任大兴区区委常委，区政府党组副书记、副区长。2013年5月兼任北京新机场建设大兴区筹备办公室主任。2016年12月任大兴区人大常委会党组书记、主任。

许玉增　男，1963年8月出生，中共党员。2013年5月任北京新机场建设大兴区筹备办公室党委副书记、常务副主任。2015年4月任大兴区政府党组成员、副区长，兼机场办党委副书记、常务副主任。2015年10月—2016年8月任北京新机场建设大兴区筹备办公室党委书记。2016年12月任大兴区委常委、政法委书记。

刘振宝　男，1963 年 2 月出生，中共党员。2007 年 4 月任北京经济技术开发区建设发展局局长。2011 年 3 月任大兴区住建委主任。2016 年 12 月任大兴区人大常委会党组成员、副主任。

杨彦光　男，1969 年 9 月出生，中共党员。2010 年 1 月任大兴区榆垡镇党委书记。2016 年 10 月任大兴区政府党组成员、副区长，北京新机场建设大兴区筹备办公室党委书记。

杜志勇　男，1970 年 9 月出生，中共党员。2009 年 6 月任大兴区礼贤镇党委书记。2016 年 10 月任大兴区政府党组成员、副区长，区委政法委副书记。

谢冠超　男，1957 年 5 月出生，中共党员。2009 年 11 月任北京新机场建设工作领导小组副组长。2011 年 12 月任大兴区政府党组成员（副区级待遇）。2013 年 5 月—2015 年 7 月兼任北京新机场建设大兴区筹备办公室党委书记。2017 年退休。

刘长江　男，1963年10月出生，中共党员。2013年5月任北京新机场建设大兴区筹备办公室党委委员、副主任。2016年5月，任北京新机场大兴区筹备办公室党委副书记、副主任。2017年10月任北京新机场建设大兴区筹备办公室党组副书记、副主任。

左东明　男，1962年4月出生，中共党员。2010年10月任大兴区住建委书记、新机场建设服务中心主任。2013年5月任北京新机场建设大兴区筹备办公室党委副书记。2014年5月任北京市供销合作总社重大项目办公室主任。

沈武一　男，1957年8月出生，中共党员。2006年7月任大兴区发改委党组成员、副主任。2008年6月—2009年12月兼任新机场建设服务中心副主任。2017年退休。

赵建国　男，1966年10月出生，中共党员。2009年2月任大兴区新机场服务中心副主任。2013年5月任北京新机场建设大兴区筹备办公室党委委员、副主任。2017年10月任北京新机场建设大兴区筹备办公室党组成员、副主任。

曹　辉　男，1963 年 6 月出生，中共党员。2014 年 2 月任北京新航城控股有限公司总经理。

任喜军　男，1969 年 11 月出生，中共党员。2014 年 7 月任大兴区礼贤镇党委副书记、镇长。2016 年 8 月任大兴区礼贤镇党委书记。

刘志刚　男，1980 年 4 月出生，中共党员。2014 年 7 月任大兴区榆垡镇党委副书记、镇长。2016 年 8 月任大兴区榆垡镇党委书记。

方　勇　男，1971 年 9 月出生，中共党员。2011 年 8 月任大兴区礼贤镇党委委员、副镇长。2016 年 8 月任大兴区礼贤镇党委副书记、镇长。

张国立　男，1963 年 11 月出生，中共党员。2008 年 4 月任大兴区榆垡镇党委委员、副镇长。2013 年 11 月任大兴区榆垡镇党委委员、人大主席。

王　静　女，1976 年 11 月出生，中共党员。2013 年 11 月任大兴区榆垡镇党委委员、宣传部部长。2017 年 7 月任大兴区文联副调研员。

张海香　女，1966 年 1 月出生，中共党员。2015 年 3 月任大兴区礼贤镇民政科科长。

张月学　男，1971 年 8 月出生，中共党员。2014 年 11 月—2018 年 11 月任大兴区礼贤镇大马坊村党支部书记。

程建明　男，1964 年 3 月出生，中共党员。2009 年 11 月任大兴区榆垡镇南各庄村党总支书记、村主任。

张赞军　男，1968 年 9 月出生，中共党员。2010 年 11 月任大兴区榆垡镇南各庄村第二党支部书记。

张国江　男，1964 年 5 月出生，中共党员。2004 年 5 月，任大兴区榆垡镇北化各庄村党支部书记、村主任。2018 年 6 月任大兴区榆垡镇北化各庄村党支部委员。

刘京然　男，1973 年 7 月出生，中共党员。2018 年 5 月任大兴区榆垡镇北化各庄村党支部书记、村主任。

李江海　男，1986 年 8 月出生，中共党员。2017 年 4 月任大兴区榆垡镇东宋各庄村党支部书记。

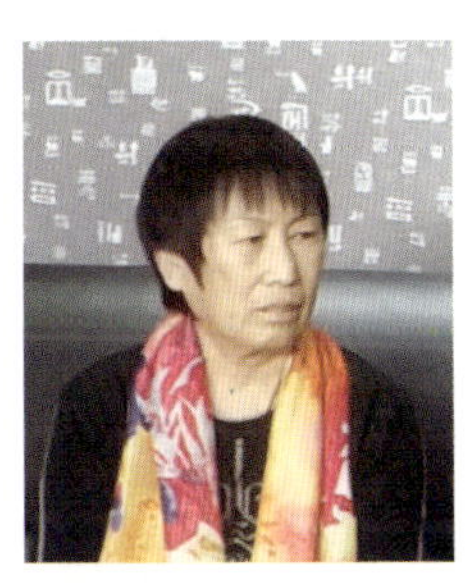

杜俊芬　女，1956 年 6 月出生，中共党员。2012 年任大兴区榆垡镇郭家务村党支部委员。

杨剑杰　男，1974 年 2 月出生，中共党员。2019 年 4 月任大兴区榆垡镇西宋各庄村党支部委员。

王　浩　男，1955 年 1 月出生，群众。大兴区礼贤镇大马坊村村民。

杨秀芝　女，1970 年 8 月出生，群众。大兴区榆垡镇北化各庄村村民。

贾素丰　女，1954 年 1 月出生，群众。大兴区榆垡镇西宋各庄村村民。

赵　刚　男，1980 年 8 月出生，群众。大兴区榆垡镇西宋各庄村村民。

拆迁口述

原以丞林

第一章 机场选址

北京是中国创办民用航空事业最早的城市。南苑机场是中国第一座机场，建于1910年。中华人民共和国成立后，1958年，在北京东郊建成了首都国际机场，机场建成时仅有一座小型候机楼。随着航空运输需求量日益增长，对机场建设标准、规模以及安全保障等各方面的要求不断提高。从1965年至2008年，首都国际机场先后进行了三次较大规模的扩建，力争最大年旅客吞吐量能满足现实需求。

随着中国经济的发展，航空旅客人数也日益增加。尽管首都国际机场与南苑机场作为北京的两座民用航空机场“并驾齐驱”，但仍无法满足需求，特别是首都国际机场受规模、场地、空中管制等多种因素的影响，已经严重饱和。由此，建设一个新的国际化、现代化、智能化的大型民用机场提上了议事日程。

这是一次难得的历史机遇。新机场的建设，不仅仅意味着百亿级投资的落地，更意味着临空产业的集聚，地区经济的迅猛发展，一座时代航城的崛起。

新机场建设是京津冀协同发展中交通先行、民航率先突破的重点工程，它选址于本行政区域无疑是北京大兴、河北廊坊、天津武清三家候选者各自期盼、各自争取的目标。三方各具优势，旗鼓相当，花落谁家成为社会关注的热点。

最终，北京市大兴区以综合优势力拔头筹。虽然新机场主体结构落户大兴，但仍然是“京津冀协同发展”的标志性工程，有着巨大的辐射带动效应，将对北京及周边区域的产业结构、城镇空间、基础设施等布局产生根本影响和积极作用，成为开启区域一体化发展的一个新契机。

第一节　扩建伊始

随着中国经济的发展，特别是改革开放以来，北京首都国际机场的客运流量急速增长，虽然经过多次扩建，仍然难以满足北京地区对航空运输的需求。增速超出预期，直接导致了首都机场的迅速饱和。新建首都第二机场的提议也应运而生。2003 年，国家发展改革委相关文件提出：尽早组织专门力量开展第二机场的选址论证工作。2006 年，北京市发展和改革委员会将首都第二机场列为重点待建项目之一。“北京新机场”的规划目标正式纳入北京市“十二五”时期交通发展建设规划指标体系中，北京新机场选址论证工作启动。

问：大兴区政府是哪一年知道北京要建第二个机场?

沈武一（曾任新机场建设服务中心副主任）：好像是 2005 年初的时候，大兴区委沈宝昌书记在市两会上接受媒体采访的时候，说了一句，大兴的南部和河北交界的地方，南各庄、北赵各庄一带，将来要建首都第二机场。当时叫首都第二机场，这是我第一次关注到北京新机场，宝昌书记提到这个东西，而且很少有人关注这个事。

谢冠超（曾任北京新机场建设工作领导小组副组长）：应该是在奥运会之前，沈宝昌书记还在大兴的时候。我是 2007 年 3 月从国家药监局到大兴区政府任职的。当时北京正在筹办奥运会，首都机场远远不能够满足奥运需要，正在进行三期改扩建。之前有几种说法，是首都机场扩建 T3 航站楼，还是改造南苑军用机场，还是新建一个机场？我到大兴后听说，首都机场扩建后，仍不能满足长远发展需要，仍需要建一个新机场，并且北京市总体规划（2004 版）把大兴南各庄作为新机场推荐备选场址之一。我记得是 2007 年 7 月下旬，我陪区委书记沈宝昌、区长林克庆同志，还有我们规划局的局长一起，到空军大院同空军作战部长和机场处的负责同志就新机场建设的选址、规划以及新机场与南苑机场的关系等问题进行了沟通交流。空军的态度是积极的。大兴区委、区政府主要领导是很敏感的，应该说从 2007 年下半年开始，就把机场选址建设提上了议事日程。

赵建国（北京新机场建设大兴区筹备办副主任）：这个事说起来话就长了。从 2004 年就开始提出了一个问题，在北京是建一个新机场，还是扩建首都机场。当时主要是面临 2008 年奥运会，后来经过反复讨论，如果新建一个机场，时间来不及，最后，国务院就决定扩建 T3，就是把现在的首都机场增加了一个航站楼，增加了一条跑道。到了 2008 年首都机场 T3 正式运营，新机场的建设，就提上了议事日程，就开始选址。

所以说应该是从 2008 年就开始决定要建一个新机场，然后就考虑这个新机场要建在哪儿，是这么个过程。

第二节 机遇难得

大兴区位于北京南部，经济发展水平在北京地区一直处于相对落后的状况。近年来，受到居住人口外迁的影响，大兴区北部城市化进程相对较快，而南部各镇仍然以农业生产为主，二、三产业并未形成规模，GDP 总量、人均收入等方面仍然处于较低水平。新机场若能落户大兴，对大兴来说无疑是千载难逢的重大历史机遇，它所带来的巨大投资，对于整体区域经济的发展、基础设施的升级改造、产业结构的调整等都将有不可小觑的拉动作用。

问：在机场落户大兴之前，大兴整体的经济社会状况如何？

沈武一（曾任新机场建设服务中心副主任）： 实际大兴一直叫县，2001 年才撤县设区。原来京开路那条路破破烂烂不说，一进到黄村这边有的地方井盖都没有，整个黄村没有几条像样的路。但是 2004 年我来的时候就好多了，起码京开路通了，黄村那块初具规模，但是最高的楼可能也就是政府，没什么高楼。我的感受是还不如河北的县城，包括辽宁的兴城（因为黄村也叫卫星城）我也去过，比咱们大兴城区建设的规模，包括市容，都好多了。

我刚来不久，参与“十一五”规划起草，后来去党校给新提拔的年轻干部讲课，因要结合经济工作讲，就收集很多的统计材料。举个例子，就说财政收入吧，2001年的时候大兴的财政收入大概是5个亿。北京的城区没法说，在远郊区县当中排名基本都靠后，通州、昌平、房山，有时候甚至排他们之后，所以当时比较落后。当时说“十一五”的计划目标是100个亿的GDP，提前三年完成了。现在多少了？现在已过500亿元大关了。

邵恒（曾兼任北京新机场建设大兴区筹备办主任）：毫不隐讳地说，城镇化发展的这个过程，特别是初始阶段，确实房地产的拉动起到了比较重要的作用，比如说土地的一级开发，住宅的开发，政府在土地收益上取得了一些，然后再反过来，再投入到基础设施上，再投入到民生上。实际上区委、区政府这些年也意识到这个问题，也在尽量避免让大兴成为北京这个母城的一个睡城，尽量地避免这个，所以要有自己的产业支撑，所以你看我们有自己的产业园区，比如说新媒体产业基地、生物医药基地、新能源汽车基地，等等，特别是我们2010年跟北京经济技术开发区两区行政资源整合以后，大兴的产业的发展应该说也得到了亦庄开发区一个强有力的支撑，所以说我们现在大兴新城，它的基本的公共服务，包括全区的产业发展，特别是职住平衡，都在向着一个健康的方向发展。

杨彦光（曾任榆垡镇党委书记）：大兴区14个镇，按照地理位置分为北五镇和南九镇，北五镇与丰台区、朝阳区相邻，地理位置相对优越，城市化进程相对快一些，经济发展相对快一些。南九镇大部分集中在五环路以外，主要以农业为主，经济发展相对缓慢。

这次新机场征地拆迁所涉及的大兴的榆垡和礼贤两个镇，就属于南九镇，位于大兴区的最南端，毗邻河北省，属于农村地区，经济发展水平不高，农民受教育程度也不高。榆垡比礼贤稍微好一些。榆垡是属于全国的重点小城镇，它过去有工业园区，所以在二产方面发展得比礼贤好一些。但是两个镇大部分还是属于农村地区，以农业为主。

问：当时提出要在北京南部建设新机场，大兴的领导干部为什么这么积极希望争取机场落户大兴呢?

谢冠超（曾任北京新机场建设工作领导小组副组长）：机场建设不仅是一个投资比较大的项目，而且是地方经济社会发展的强大引擎。长时间来看，由于受南苑军用机场的影响，南城在北京发展格局中，无论是城市建设还是经济发展都相对滞后。新机场建设能落户大兴，对大兴而言无疑是千载难逢的重大历史机遇，对首都城市布局、南城的发展，特别是大兴发展具有决定性作用。同时，大兴的领导同志对机场建设的带动作用和航空经济有着比较深刻的认识。航空经济是流量经济，本身效益就高，产业带动性更强。从国际国内综合枢纽机场建设的经验看，伴随机场都有一个与机场相适应的临空经济区与产业集群。无论是政治担当还是思想情怀，无论是岗位职责还是地方利益，争取新机场落户大兴，迅速成了全区上下的共识。

沈武一（曾任新机场建设服务中心副主任）：我就跟他们经常形容，大兴总是承接丰台的产业。比如说，大兴刚开始种粮食，丰台种蔬菜，后来丰台不种蔬菜了，蔬菜往大兴来了，大兴变成北京的菜篮子，然后丰台就种花了。后来大兴又种花，丰台不种花了，开始卖花了，花卉交易了。工业上也是。原来服装产业都在丰台，什么大红门，后来包括很多纺织厂就往大兴这儿移，现在大兴也是往外移了。还包括有些加工业，什么造纸，包括有些污染行业也是，都是丰台往外清，大兴来承接。

所以当时我就提出来，大兴要发展，不能按照这个常规的程序这么逐步发展，要跳跃式、跨越式发展，产业上要跨几个级这么往上升。比如说我们严格提高准入制度，我不去承接末端的落后的产业，我要直接往高端上，你看像亦庄，发展一开始定位就比较高，高端技术，所以大兴也是要将定位直接给它定高，直接跨越式发展。机场就是这个跨越式发展的机会。

首先是机场它本身投资的拉动。比如说这个机场，总投资大约一千个亿，你想一千个亿的话，这个投资本身是多大的带动。这个投资带动包括就业，包括相关的为机场建设服务的这些产业，一个大产业链。光建设本身就是一块很大的肥肉，材料的供应、交通运输的供应……劳动力的供应肯定是就地，然后还有征地搬迁以后，农民脱贫致富最快的一条路就是得到城市建设的搬迁补偿，所以它能解决多大的问题！

机场是一个最现代化的交通的枢纽，所以它会带动整个人流量，而且它带动的人流，是国际国内的高端的人才，它会带动整个人员素质的提高。我当时说它可以解决大兴整个的人才匮乏问题。

产业上来说，机场建设以后，围绕机场服务的这个产业，比如说有物流、一些航食的食品加工，还有很多餐饮供应。机场分好几个区，比如说机场核心区，围绕着机场本身运转的区，然后机场旁边是紧密服务区，紧密服务区一般来说也跟机场本身有关系，比如说食品加工，它可能跟机场本身有关系，但是这个层有可能跟咱们地方也有关系。然后还有物流。逐渐有这么一个层级，紧密层、松散层、相关层等，大概有7个层级，30公里范围都能波及。在周边逐渐会形成一个大的都市，尤其将来这个机场是世界顶尖级的，所以会形成一个大的都市，这个都市各种产业链都会形成。

方勇（礼贤镇镇长）：机场落地当然是好事，它带动的东西非常多，不仅仅是说征点地，然后建点房，不仅仅是这样。对一个地区整体提升，它是一个长时间的作用。比方说就业，可能你也听说过，这个地区能够达到新增就业将近十万人。咱们礼贤，劳动力人口也就一万出头，应该说能很有效地解决咱们劳动力的就业的问题，这是一个。

另外呢，其他的一些社会公共服务，比方说学校、医院，基础设施的投入，水电气热，都会改善。从目前来看呢，正在慢慢地实施。水的问题，南水北调正在做，征地已经做完了。区里头给自来水厂增大了投入，对礼贤来说以前能吃上自来水都是很奢侈的事。然后为相关地区服务的污水处理厂也正要列入，两个污水处理厂都在礼贤，大概有六百多亩地。天然气呢，是从金牌的公司过来，也已经进到礼贤，应该说到明年肯定会供上天然气，这就是一种实实在在的变化，还比方说咱们加大对社会公共服务的投入，我们的卫生院、学校，这都是老百姓能够充分享受到的。

第三节　众望所归

新机场建设是促进当地经济社会发展的强大引擎。北京大兴、河北廊坊、天津武清作为三家候选者，各有优势，各有气势，各有强势。从空域优先的角度看，由于南苑机场的存在，选址大兴并非最优；从疏解北京非首都功能而言，一些规划学者更倾向于廊坊和武清。但是，从整体条件上看，大兴区在地理环境、区位优势、基础设施、配套设施、统筹管理、人才储备等方面更胜一筹。为使新机场能够落户大兴，大兴区的领导干部们不懈努力，积极争取，用详尽、科学、合理的调研成果，充分展现大兴区的各方资源。在 2008 年召开的选址专家论证会上，赢得了绝大多数专家的支持，新机场选址工作基本上“尘埃落定”。

问：在争取机场落户的过程中，还有其他竞争者吗？

赵建国（北京新机场建设大兴区筹备办副主任）：最初有三个选址方案。因为现在人们对机场的认识要远远超过以往。过去，机场只是作为一个交通的基础设施。现在，人们一方面要追求交通的方便快捷，同时也意识到机场对周边经济社会发展的影响。因此当时天津的武清、河北固安的彭村，包括我们大兴，都在积极地争取这个项目。

沈武一（曾任新机场建设服务中心副主任）：全国民航工作会议一年开一次。2007 年 4 月份，全国民航工作会议应该是在昆明召开的。在这个会议上天津市和河北省他们都汇报关于首都第二机场的方案，比较系统、比较完整。因为他们都研究了好多年了，十几年了，最后在会议上提出来一个比较震撼、比较完美的方案。北京也去参加了会议，但什么工作都没做过，只是听。我估计他们也很尴尬，首都的机场要建在天津和河北。回来可能是向市里汇报，可能也做了一些工作吧，市委刘淇书记批示，咱们市里就重视了。2 月份吧，我们区里就拿到市委批示，区里就开始重视。3 月份，大兴就成立了机场建设服务中心。

河北、天津做了十几年的工作，而且从国家的层面，国家发改委、民航总局什么的，还有包括军队，他们经过多少年来回反复以后，首选地址定到河北省固安的彭村乡。

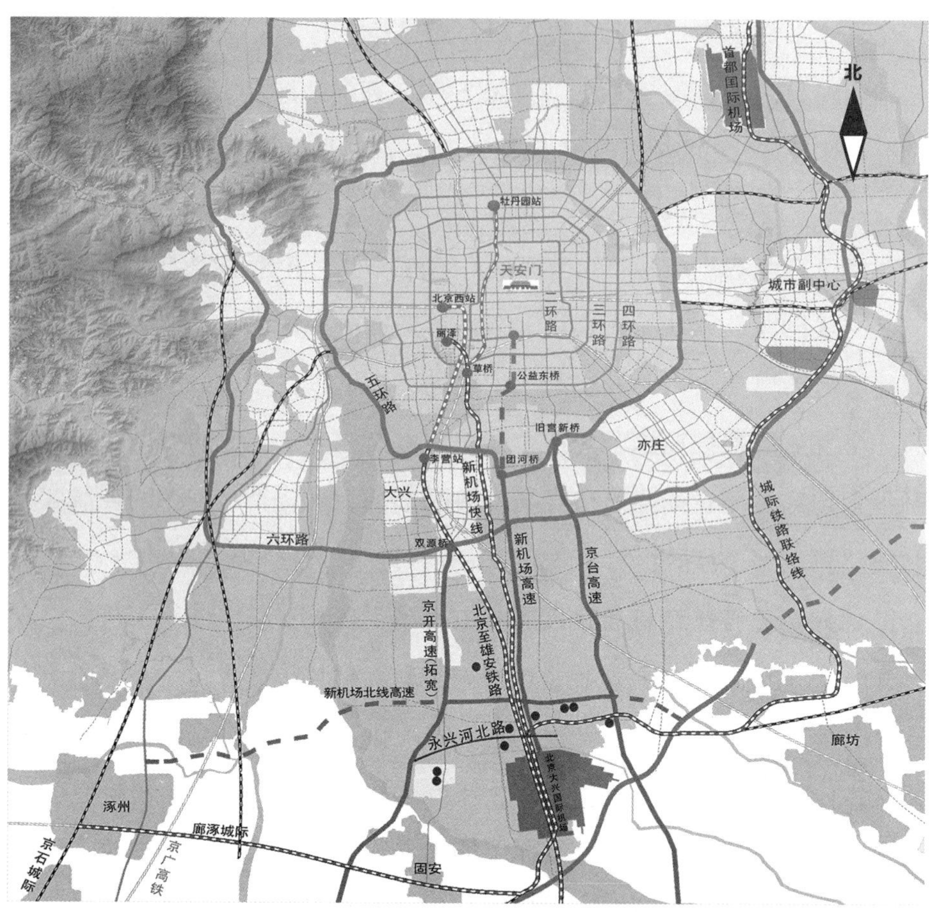

新机场外围基础设施示意图

专家是有两大派。一派是吴良镛，是咱们国家规划的权威了，以他为代表的规划派，他们从地面上考虑，倾向在天津太子务，京津高速的沿线上。我们现在叫京津冀一体化，那个时候叫京津冀协调发展，为了带动区域的经济协调发展，建议把机场放在那个位置上是最好的。这是城市规划专家们，非常有权威的，我们刚开始去的时候，这些人都不理我们。他们就说应该在天津，不应该在北京，北京人口这么多这么堵。

还有一部分是部委的，空运的专家，空运专家是空中的专家，空中我们看见也有交通的网络。你就可以想象，假如说地面拥堵，你怎么能在这儿再建个机场，像北京这两年往外拆走大型的农贸市场、大型交易市场、批发市场，为什么？就因为交通本来就堵。天上也一样，首都机场的航线上交通已经很拥堵了，没法再安排个机场。那个机场和天津的机场正好一条线上，所以空中他们说太子务不行。他们通过空域研究，倾向在河北固安的彭村，距离北京天安门大概 60 到 80 公里的范围内。后来对这个意见是比较有共识的，规划的也说，空中没地儿了，那没办法，我们只能这样了。所以大概最后的总体倾向意见首选地址是固安彭村，都已经基本板上钉钉了。

问：廊坊的固安一直是呼声比较高的一个选择，很多专家都曾经属意在固安兴建新机场，大兴区做了哪些工作来扭转各方专家的想法？

沈武一（曾任新机场建设服务中心副主任）：我刚接手的时候没底，我说人家都定了，你怎么去把那些方方面面的人的思维全改过来。我们当时首先是从国家层面安排了几个调研课题，比如说第一个是北京新机场对区域经济的影响，还有一个是北京新机场建设，还有一个是北京新机场空域的情况的研究，一共三个课题。第一个委托国务院发展研究中心从宏观战略布局上研究新机场建在大兴的必要性；第二个委托的是中国民航大学，去做新机场产业关联和区域关联的研究；第三个是委托空域研究机构进行空域研究。我们就想国家级的项目，我们就找国家级的研究机构、权威机构去做。首先说通了他们研究机构，他们也很支持在大兴建机场。

大概我们就确定10位顶级权威专家，城市规划专家、区域经济专家、民航空管专家来论证。一开始，周干峙本来不想来，说大兴建什么机场，应该在京津冀产业带上去建。但是空管说了空中不行，既然空运那儿不行，那边建不了怎么办呢？要再建那就在大兴建吧。但是大兴不能建大的，别超过3000万人次。当时民航局是想既然在北京建，至少要建8000万人次以上的超大型国际机场。但不管怎么样，起码周老同意了在大兴建，然后其他的9位专家是一致认为，北京建机场不在北京建，那算什么北京机场？

那个专家论证会大概是7月份在国务院发展研究中心组织的，整个专家论证会下来我们就松了一口气，当时区里领导也去了，出来以后我们就松了一口气，全部专家搞定了。

你想10个专家，每个人都是最顶尖级的，说服的工作不容易。我们当时还跟北京市发改委一起，只要是跟机场建设这方面有关的专家，挨个去拜访，我们因为有底子了，国务院发展研究中心、民航管理干部学院给我们做的研究课题，所以我们本身在这方面，不敢说专家吧，反正已经算半个专家了，我们跟专家们可以说得来这些事，所以挨个去拜访，把所有的专家我们都给做了一遍工作。当然专家里也有反对的，也有倾向河北的，河北做了那么多年工作，他们也委托专家机构，我举个例子，国家发改委的宏观经济研究院的交通所，以所长为代表，他们以前一直给河北省做课题研究，所以他们是倾向于河北。包括 11 月份组织专家论证的时候，他们意见还是河北。当时我们请了五十几个专家，除了周干峙和他，大家都是同意在北京大兴。专家论证是这样，最后从软的方面把专家的意见统一了。

但这个关键在空域里头，怎么把它从彭村拉到这儿是空域的事。我们刚开始本来想委托空军的研究所来研究，他们是专门给空军做的，他们说这块涉密，我们不能给你们做，我们只给空军司令部做。然后我们就找民航空管局，他们也不敢做，但是跟他们沟通都很好，平时有些信息，我们就互相沟通沟通，他们给我们一些专业技术上和解题的方向性的意见，对我们来说那可是很管用的，起码通过这种沟通，他们将来会有倾向性意见，当然我们也有我们的优势。

后来我们又请航空航天大学，他们跟空管局也有交往，我们就把有关空域的专家们请来，你们这个机构不能做，但是当专家做论证总可以吧。这样的话，通过各种活动，就和空域的专家们沟通好了，以后工作就好做多了。

从空域来说，北边大概是二环三环这个范围内，一个无限高的柱子状的禁空区，这个范围是所有的航空器绝对不能进的，除了国庆。那么它既然不能进，飞机飞的话它有个速度，从这个距离开始在多少范围内是属于管控区了，那么北边是受这个影响。东边首都机场的跑道进出什么的，你看飞机就看出来了，那边总是过去飞机，而且流量那么大，想加入一个机场，跟它就冲突了。西边是受西山的影响，西山不光是山体影响，而且还有其他原因影响，所以那边不能去。这三面卡住了，所以只能在南边，那南边多远呢？他们就算了 80 公里，包括 10 公里的缓冲区，这样的话 80 公里的范围，就正好划到彭村去了。飞机空中和路面还不一样，路面汽车这么走稍微挨点没事，空中不行，要是没有缓冲区，会出事故的。如果不要这个缓冲区就可以进到大兴来，空域专家们这么提的，所以当时就把南各庄给划进去了。

那么我们做工作怎么弄？这个空域还是民航空管局的空域专家们提的，但是这里头有个硬伤，我们国家全部的空域管理是空军管的，民航的航线是空军给划的，所以民航只在划定的航线上，不能离开航线的。空军刚开始一直反对，说从空域来说，你只能在彭村，为什么呢？第一，即使在彭村，它也有一些交叉，现在比如说良乡机场，定兴机场，还有西苑机场，还有南苑机场，东边还有陆航的，还有北边的沙河机场，他们还训练，经常飞的，这些都有影响。尤其是南苑机场，要是这么大型的机场在这儿一建，把南苑机场整个压到下边去了，南苑机场现在还有民航飞机在飞。南苑机场是西苑机场的备用机场，不能没有，所以你把它压里头了，那不行。

后来跟空军的领导个别交流的时候，我们问，从避开空域来说，彭村也有影响，南各庄这儿也有影响，只是彭村那儿还可以研究，但大兴这个绝对不行，那大兴怎么样才能行呢？只有废掉南苑机场，从空域上讲新机场才可以向北移。但是空军说我们废南苑机场可以，我们在新机场旁边要建个跑道，民航局是最反对军民合用的，空军也不提军民合用的事，只说在旁边建个跑道，然后民航局说，空域你们管，你们旁边又建个跑道，你们是训练什么的，弄得我们机场没法做，民航局不干，这个也是协调了好长时间。但是我们做了空军的工作以后，起码空军可以把这条同意，废南苑机场，在新机场旁边建个跑道。

南苑机场一动了，这个就可以往北移了。我们就把问题给解决了。

问：是什么时候新机场有了明确的意向会落户大兴？与其他两个竞争对象相比，大兴有哪些优势？

赵建国（北京新机场建设大兴区筹备办副主任）：2008 年开始选址，一直到了 2008 年 11 月，27 号到 29 号这三天，相关部门的专家、领导在我们大兴举行了新机场选址的论证会。在这次论证会上，经过反复比较，初步确定了场址在大兴，基本上就是现在的这个位置。

我觉得有这么几个原因：第一，北京、河北、天津，这三个省市，不管是从它的政治地位，还是它的经济基础来比较，北京的优势都是非常明显的，选择北京对机场未来的发展也是有好处的，我们是占了首都北京得天独厚的优势条件。

第二，机场周边现有的配套设施，综合交通、水、电、气、热等基础设施，条件也要比固安、武清等地好得多。

第三，为了配合机场的将来的运营，周边还要进一步完善基础设施，北京的实力也是非常明显的，包括现在已经在规划，已经在实施的五纵两横的综合交通网，包括供电设施、供水设施，这些的投资完全是由北京市政府负责筹集的。同时也包括我们这个区域它的地理位置、条件，地质及气候条件，也相对说比较适合建机场。从北京整个来讲，北侧有山，基本不用考虑，西侧有山也没法考虑，东侧目前有一个首都机场，南面这个位置也就成了唯一的选择。

谢冠超（曾任北京新机场建设工作领导小组副组长）： 北京奥运会后国家发改委会同空军、海军、民航和京、津、冀地方政府启动了新机场的选择工作。2009 年在相关专家的建议下，最终推荐大兴南各庄作为新机场场址。在新机场选址问题上，大兴区从一开始就充满信心，志在必得。因为机场选址科学性很强，受地理位置、气象环境许多条件制约，更要考虑服务对象和功能。但建机场大家都想争，当时天津武清、河北廊坊都很积极，这也才有了后来称新机场为“武大郎”机场的调侃。在新机场选址过程中，听说有位领导同志讲，“北京新机场主要解决北京航空运输问题，首先要在北京选址。北京选不出来再从其他地方选”。我想，新机场落户大兴的明确意向，应该是从这时候开始的吧。因为从北京来说，东北部有首都机场，北部是燕山山脉，西部为太行山脉，南部南苑机场离空中禁飞区太近，不宜扩建，而河北固安西小屯相对较远，又跨行政区域和永定河，配套成本太高。大兴的南各庄是各种因素下的最优选择。

说到大兴，天下首邑，京南门户，皇家苑囿，投资热土，人杰地灵，优势明显。大兴区上下一心，积极争取，也是新机场落户大兴的一个重要因素。

第二章 前期筹备

2008 年 3 月，为迎接新机场落户大兴，大兴区发改委成立新机场建设服务中心。2008 年 11 月，《北京新机场选址报告》通过国家发改委组织的专家评审会的评审，初步确定选址于北京市大兴区南各庄。大兴区开始谋划机场前期筹备工作。

新机场的建设，是推动北京城南转型发展的战略举措，是一项系统工程。特别是前期筹备工作，事务繁杂，举步艰难，涉及土地征用、村民搬迁、利益分配等方方面面，关系到国家工程与地方利益的融合，省市区域间的协调配合，城市建设与农村发展的相互平衡。面对错综复杂的关系，既要统一思想，又要步调一致；既要总体规划，又要详定细则；既要分设部门，又要此呼彼应。要打好这场攻坚战，必须运筹帷幄，举全区之力，逐项落实。

为此，大兴区成立了新的机构，建立了畅通的工作体系，统一了全区干部的思想，有预见性地进行了临空经济发展的长期规划，为前期筹备工作夯实了基础。

第一节　新设机构

为了保证新机场筹建工作的顺利展开，大兴区抽调了各个部门的精英，先后成立了两家新设机构：北京新机场建设大兴区筹备办公室（以下简称“机场办”）和北京新航城控股有限公司（以下简称“新航城公司”）。机场办作为政府机构，负责协调区内各部门的工作，在机场建设方和上级相关部门之间做沟通，协助办理各种行政审批手续。新航城公司作为经济实体，承担了土地一级开发、融资管理、工程建设和城市运营等经济职能。两家机构相互配合，成为支撑机场筹建工作顺利开展的两大支柱。

问：机场落地的各项工作，主要由机场办负责对接吗？能否简单介绍一下这个机构的职能？

赵建国（北京新机场建设大兴区筹备办副主任）：机场办成立经过这么几个阶段。应该是在2008年民航局开始新机场选址工作时，大兴区成立了临时机构，当时叫新机场建设服务中心，它是设在区发改委。到2010年的年底，大兴区正式成立了新机场建设领导小组，领导小组下设的办公室就设在机场建设服务中心。从那时候开始，我们对外一般就是称机场办，它的准确意思就是大兴区新机场建设领导小组下设的办公室，简称机场办。到2013年的5月份，机场办正式成立，这是经过北京市编办批准成立的副局级单位，我们的全称叫北京新机场建设大兴区筹备办公室。机构有这么一个演变的过程。

机场建设，首都机场集团是主体，它是出资方，由它来建设机场。大兴区我们负责的是什么呢？前期我们参与选址，中期我们是为了机场顺利地建设，为了降低建设搬迁成本，加大了对违法建设、非法用地、抢栽抢种管控的力度。同时，我区相关部门要提供一些手续办理的条件，所以作为机场办，我们还要协调区里边的相关部门，比如国土、规划、发改委、环保等部门。我们还要为机场建设方做好服务，毕竟这个项目从开始一直到正式开工建设到建成，它最少要历时五年的时间，在施工整个过程当中，还有一些服务管理工作。

另外还要协调市里的相关部门，包括市机场办、市住建委、市规划国土委等单位。

问：机场办到2013年才正式得到市编办的批复，在此之前的五六年，机场办其实是没有正式编制的，那我们的工作人员从哪里来？是怎么一个人员结构呢？

谢冠超（曾任北京新机场建设工作领导小组副组长）：在组织机构上，时任区委书记林克庆同志有句名言：下先手棋，打主动仗。首先要组织落实。我们根据阶段需要不断充实、调整、完善。在选址阶段，主要从区发改委内部抽调人员，成立了新机场建设服务中心。新机场明确选择落户大兴后，我分管这项工作，建议在区级层面成立了由区委、区政府和开发区主要领导同志牵头的领导小组，区直相关部门主要负责同志为成员，下设办公室，抽调土地、规划、征地搬迁各方面的人员，组织开展工作，实际上是按上报市里成立机场办的框架搭建的。

我强调一定要让有能力、有情怀的同志到机场办工作。当时区长说，机场建设不仅是个项目，而是个战略，需举全区之力。到机场办工作是一种荣誉和骄傲。正是有了这样一个工作环境，抽调到机场办工作的同志想得最多的是如何把事情干好，很少有人计较是科级、处级还是局级机构。这也为后来工作机制的创新奠定了良好的思想基础。

问：除了机场办以外，大兴为了做好机场建设的服务工作，还成立了一个新航城公司，这个公司主要的职能是什么？和机场办有什么区别？

谢冠超（曾任北京新机场建设工作领导小组副组长）：机场建设对地方政府来说主要是两大任务：一个是为机场本身服好务。组织好征地搬迁和建设过程中的水、电、气服务保障，确保机场顺利开工建设，如期建成通航；一个是谋划临空经济发展，实现临空经济区与机场建设同步规划、同步实施、同步发展。为了实现这个任务，我们提出“服务新机场，建设新航城”的理念，因此我们借鉴国内外的经验，及时组建了北京新航城控股公司。

从整体工作来说，组建新航城公司也是必要的。在机场建设的服务保障方面，涉及征地搬迁、安置房建设、天堂河改线等，总要有具体的市场主体才能发挥市场机制的作用。机场办是作为政府的一个派出机构，更多的是搞好组织、协调和督查、落实等外政职能。新航城公司作为市场主体，在机场办协调下承接具体事项。实际上是构建了服务新机场、建设新航城的体制结构。

从临空经济发展的阶段特征来看，更应该有个公司作为市场主体，承担新航城开发、建设、产业项目落地、整合资源和开展对外合作。着眼长远，一上来就要把基础打好。因此，我们区国资委和北京经济技术开发总公司按 4∶6 出资，组建了新航城公司，并赋予其四个职能定位，一是土地开发建设主体，二是投资融资主体，三是资源整合的主体，四是城市运营的主体。公司刚成立的时候，考虑其与机场办最终目标一致，我是坚持与机场办合署办公的。随着机场建设前期筹备工作的进展，公司开始独立运作，按照现代企业制度逐步完善。从前期工作来看，包括征地搬迁的资金测算、安置房建设、天堂河改线工程，以及和市属国企的合作、城市综合指标体系的研究等，都还是很好地发挥了市场主体作用的。

曹辉（新航城公司总经理）：新航城公司是 2012 年成立的。当时就是专门为了新机场的建设搭建的一个平台。当初成立这个公司，也是进行了前期的一些工作，后来到 2013 年取得了市里的认可，市政府办下发 87 号文件明确了新航城公司的一些任务，主要是为新机场的建设进行融资，另外是配合新机场搭建一个临空经济区建设的平台，要求广泛地吸纳中央、市属和民营企业，集社会各方的力量来支持和建设新机场。同时也提出要求新航城公司在临空经济区建设中，要通过一级开发，参与二级开发，不断做大做强，发挥国有企业的引导作用。区里在市里发文以后也确定了新航城公司的战略定位，除了市里规定的各项任务以外，明确新航城公司承担着临空经济区的开发、投融资、城市运营以及资源整合的职能，可以说，这个定位还是比较清晰的。

其实前两年，开展一些顶层设计研究，新航城公司就配合机场办进行了一些前期规划的研究。刚开始起步的时候人员并不是很多，十几个人。国务院正式批复以后，开始加快了工作的进程，因为它要为新机场的配套解决融资，另外要参与它一些配套项目的建设。

我印象里，当时，2014年2月，我过来时是三十几个人吧，大概一年的时间就翻了一番，因为很多工作布置下来了。比较大的工作配合有两项：一个是机场红线内的征地搬迁。机场红线区说白了就是机场建设的位置，包括民用机场和军用机场，搬迁区域涉及榆垡、礼贤两个镇的13个村，7005户百姓。启动搬迁后工作开展得特别快，42天就完成了全部搬迁工作，老百姓基本都签订安置房购房协议。另一个就是永兴河改线工程。永兴河原来叫天堂河，是永定河的一个支流，老的永兴河是斜穿新机场的，为了机场建设就要把它改到机场的北侧。我们接到这个项目后，全力以赴，因为时间非常紧迫，工程项目夜以继日，用了半年的时间就完成了11.3公里新挖河道工程，不到一年就具备了通水条件，总算是不辱使命。现在河道两侧的景观还没有完成，但是整个河道建设工作都已经完成了，而且在2017年“十一”前就已经验收，移交大兴区水务局了。

第二节　协调服务

新机场建设涉及多方主体，关系错综复杂。对外，大兴区要与国家部委、北京市政府、河北省政府、中国民航局、机场建设方等机构理顺关系，协调共进；对内，要与区属部门、镇、村统筹规划，落实到位。要在保障村民利益最大化的情况下，做好机场建设前的各项筹备工作。大兴区领导和干部们共同努力，解决了征地搬迁的资金问题，划定了噪音区范围，完成了永兴河改线工程，推进了回迁房建设，制定了临空经济区的规划方案，为新机场建设正式开工打好了基础。

问：机场正式开工建设以前，都有哪些统筹协调的工作需要大兴区来完成?

许玉增（曾任北京新机场建设大兴区筹备办副主任）：2013 年我刚去的时候机场还没有开始正式建设，可研报告正在审批阶段，有几件大事需要把它们理清楚：一个就是关于征地搬迁及其资金的筹措问题。征地搬迁涉及 13 个村 7005 户，涉及的户数、村庄数多，要求的时间紧迫，这在我们大兴搬迁历史上也是少有的，因此征地搬迁包括资金的筹措是非常重要的。市里边也充分考虑到大兴这次搬迁量的巨大，耗费的资金也是比较大，市政府也是替大兴着想，然后把红线内的刚性资金的需求全部给解决了，大兴就是要干活流汗，把工作做好。

第二个工作，主要是噪音区。因为机场肯定涉及噪音区的部分，在机场正式起用之前都要进行治理，有的建筑可能需要拆除，有的可能需要进行噪音的治理，那么这一部分机场办也是根据民航相关的一些规定，积极地协调民航方面，积极地跟北京市的领导提出一些建议，最后拿出了关于 75 分贝以上治理的这么一个方案和范围，为机场起用前对噪音区内人员的搬迁、噪音治理提供了一个重要的标准。噪音区治理的资金，当然也是巨大的，因为涉及的村庄比较多，国家给噪音区的资金是有限的，只给20个亿左右，剩下的要地方出，这个地方出可能就是要求北京市和大兴来出，现在这块资金，正在和市里边沟通当中。大兴应该说一次性搬迁的资金量太大了，应该是在几百个亿，所以还需要市政府大力支持，像拆红线内的村庄一样，希望能够把刚性的资金给予保证，这是第二件事。

第三件事，就是永兴河的改造。因为永兴河正好在机场的北部，原来叫天堂河，怎么能够把它变成一个新的永兴河，怎么更好地优化方案，减少对大兴广袤土地的分割，我们请了方方面面的专家进行了一些研究，最后形成了现有的这么一个方案，包括资金，国家给资金也是20多个亿，这也保证了永兴河在机场建设之前已经完工，为机场正常的建设和未来的运营，应该说奠定了一个基础。

第四件事，我们还要考虑老百姓回迁房的问题。群众的回迁房是一个大问题，涉及搬迁群众，千家万户，涉及他们的切身利益，所以区委、区政府想群众所想，急群众所急，积极地来推动这个工作。首先，把最好的地方、最好的区域、最好的地块用于回迁房。然后，确立了礼贤1.5平方公里、榆垡3.5平方公里的这么一个回迁面积。同时，在回迁房建设问题上，区委、区政府当时是非常用心的，包括房屋的结构、用料，包括未来的使用性等各个方面，按照商品房的标准来建设。举一个例子，像电梯的使用，有我们通常用的居民用的电梯，还有能够满足医疗使用、担架使用的电梯，更宽的电梯，这样使老百姓对回迁房更满意。

第五件事，就是机场建成之后的临空经济区的规划问题。等机场建成了，临空经济区的规划问题要向国家发改委进行申报，所以大兴区和北京市机场办共同联手，与各个规划部门进行对接，请专家团队来给我们设计规划，临空经济区的规模我们在前期就基本上已经规划好了，这为后来国家发改委批复大兴50平方公里的临空经济区的规划奠定了一些基础性的条件。临空经济区的规划是大兴更直接地在机场项目上受益的一个重要的方面，所以我们把这方面的工作当作一个很重要的工作来做。现在来看，临空经济区的规划应该还是非常好的，能够跟机场结合起来，能够跟大兴的发展结合起来，能够跟雄安新区的建设结合起来，应该讲这是未来大兴发展的一个新的空间，也是一个新的增长极。这是五个方面大的工作吧。

问：能否举个例子，在前期的筹备工作中都有哪些关系需要机场办去协调？

谢冠超（曾任北京新机场建设工作领导小组副组长）：机场建设投资大，投资主体和利益主体多元，管理层级多，涉及范围广，建设周期长，与地方关系密切。虽然我们不是建设主体，但所有事情几乎都与我们有关。当时我们简要理了理，大体有十几种关系。国家部委与部委的关系、国家部委与军队的关系、国家部委和北京市以及河北省政府的关系、部委与首都机场集团的关系、民航局与航空公司的关系、民航局与地方政府的关系、首都机场集团与地方政府的关系、地方政府之间的关系、地方内部上级与下级的关系，还有我们与亦庄经济技术开发区的关系，及与各村镇之间的关系。再加上我们服务新机场建设的同时要同步规划建设新航城，加快临空产业聚集，培育新的经济增长极，通过机场建设，带动建设一个产城融合的现代化城市，在这种情况下，争取方方面面的支持，协调任务之重可想而知。

这里我举个例子，是关于征地搬迁政策以及资金缺口问题的例子。

征地搬迁费用分两块，一块是投资主体，就是首都机场集团，一块是地方政府。首都机场建设集团在可研中预算，一亩地 50 万，包括征地、搬迁、安置。这与实际费用相差很大。我和他们说这远远不够，不是从实际测算的，而是从 800 亿的总投资中切块再除以征地数量倒算过来的。当时给廊坊是按 25 万一亩。顺便说一下，河北当时说机场征地和大兴地头相连，对每亩征地费用差一倍很有意见。我们说大兴和廊坊各有各的情况，情况不一样，一样的是首都机场集团给的都不够，我们之间不存在攀比的问题。后来廊坊机场办和我们协调得好，这是后话。市级的搬迁费用，我们有本账，远远不能够解决这个问题。我们和市里机场办有个沟通过程。我们说你那 50 万根本解决不了问题，你是倒推过来的，你有多少钱征多少地，合 50 万一亩，而实际上要合 100 多万一亩。机场集团对征地搬迁费用的缺口也是知道的，答应争取在可能的情况下予以补偿。在永兴（天堂）河改线工程中，机场集团为增加项目费用做了积极工作，是说话了的，使大兴段工程投资由 10 亿增加到 20 亿。

为了解决资金缺口，争取市里支持，机场办做了大量工作。首先是协调组织抓限控。区政府印发了《致全区群众的一封公开信》，明确承诺“多建不多得，少建不少得，不让老实人吃亏”。我们持之以恒抓限控，做到了“四无”目标：限控区里“无新增项目和私搭乱建，无侵街占道，无抢栽抢种，无倒买倒卖”。我们请市领导实地考察限控区管理，得到了市领导的认可。二是实事求是地制定搬迁政策。搬迁政策决定了

北京大兴国际机场建设服务保障动员大会（2015 年 5 月）

资金数额。我们提出了“逢穿必拆，逢拆必转，合理补偿，依法搬迁”。因为农村的土地它都不是规划出来的整整齐齐一块，规划机场以后，机场是切块的，所以有的村里有人的地征了，有人的没征。原来是红线穿占多少拆多少，征多少地转多少非。机场周边将来都是噪音区，再一个，未来要搞临空经济区的，不可能一个村，光这些征了地的人转非，其他人咋办？将来解决不了，所以我就提出来逢穿必拆。就是只要红线压入你这个村，压入哪怕一户，全村都得拆了，钱都得打到搬迁里边。再一个是逢拆必转，不是逢征必转，原来是征你家地才给你转非，现在是可能征我家地征得少，或者没有征，但是我的村被搬迁了，我人走了，也要转非。这是从长远来说，也是最节约的一个办法。当时，我们邵恒副区长多次到市里沟通协调，最后也达成了共识。三是从逻辑推理上证明我们资金测算的真实合理性。除了机场征地搬迁，我们还要进行新航城建设的征地搬迁。我们绝对不会为了争取上级支持，而导致长期建设发展成本的提高。我们扎扎实实的工作和诚恳老实的态度得到了市领导的认可。市里领导也对我们基层非常理解，说大兴要着急，着的什么急？着干活的急，你把活给我干好，但是钱的问题你不能着急，不能叫大兴承担更多。市里想办法予以支持。市政府召开专题会议，出台纪要，市财政兜底。

第三节　凝心聚力

新机场建设作为国家重点项目，在出台或审批前，要进行环境影响评价（简称“环评”）和社会稳定风险评估（简称“稳评”），即对规划建设项目实施后可能造成的环境影响和社会稳定风险进行分析、预测和评估。新机场建设社会关注度高，公众参与广泛，通过环评、稳评，制定风险应对策略和预案，能使决策的稳定性和科学性得到更好的保障，确保该重大项目顺利实施。

为此，大兴区聘请各方专家，区领导、镇领导、村干部与之配合，从区委、区政府到镇政府、村委会，召开各级宣传动员会，专家、领导从机场建设对区域发展的积极作用，到实地建设对百姓生活的各种影响，逐一解析，统一大家的认识。经过广大干部们的不懈努力，在 2014 年 2

月进行的公众参与的环评、稳评测评中，机场项目以 97% 以上的支持率得到了广大群众的认可。

环评公参动员培训会（2014 年 2 月）

问：新机场筹建工作涉及多部门、多方面，在操作过程中如何统一各级领导干部的思想，使大家能齐心协力做好这项工作?

沈武一（曾任新机场建设服务中心副主任）：大家可能有些疑问，比如说噪音问题，还有空气污染问题，大兴的空气本来很好，机场来来回回那么大的流量，光燃烧后排的气就造成很大污染。那么我们区委先从区委理论中心组开始统一认识，我们先后请了一些专家，在区委理论中心组学习时给他们讲课，讲课内容就是机场建设对地方的经济和地方的发展有什么好处，当然也有弊，但是好处都在哪儿，讲课讲了好几次，请了国务院发展研究中心的专家，还请了民航管理干部学院的专家，我们一开始委托这些人做课题，做了很多研究，所以我都成了半个专家了。然后又请这些人做一些答疑工作，首先就中心组的领导们的问题答疑，所以中心组先统一认识了。据我了解，比如说像杨彦光在镇上，他刚开始是镇长，后来当书记了，他又把国务院发展研究中心的专家请来，到他们镇里的中心组讲课，层层做工作，这样的话，大家就慢慢统一认识了，原来不知道怎么回事，你讲讲大家就明白了，自然认识就统一了。全区领导干部思想统一了，又广泛宣传，教育广大群众，全区上下齐心协力形成一股劲，终于将北京新机场争取到大兴建设。

谢冠超（曾任北京新机场建设工作领导小组副组长）：机场建设是个系统工程，需要全社会的支持与参与，没有各级干部思想的统一和良好的工作氛围，举全区之力就是一句空话。这方面，我们主要通过三种方式统一思想认识。一是区委、区政府把支持、服务新机场建设作为各级干部的政治担当。区党代会、人代会、政协会议都把机场建设作为重要内容，号召和引导干部从大兴当前和长远发展出发，把机场建设作为全区的根本利益所在，凝聚人心。区政府每年工作报告都把机场建设作为全年首要任务，单列折子工程进行安排部署，引起全社会的关注和重视。二是叫响“服务机场，建设新航城”的口号。通过各种宣传手段，宣传航空经济的地位和作用，宣传机场带来的直接经济利益和未来发展的巨大潜能，把全区上下的积极性引导好、保护好、发挥好。三是通过规划研究和参与具体工作增强干部的感性认识。在“下先手棋，打主动仗”

理念的引导下，区政府和市规划委进行战略合作。区机场办和市规划院联合牵头，聘请国际知名团队进行新航城的概念性规划和十一个专项规划研究。举办各种论坛、讲座和交流活动，介绍国内外航空经济的先进经验，在参与专项规划研究中提高对服务新机场和发展临空经济规划性的认识。同时，我们规划研究是在市规划院指导下提前进行的，许多成果为后来规划的编制所采纳，既凝聚了干部思想，又体现了区委、区政府的意愿，并且为机场和临空经济区的规划编制提供了支撑。

问：在机场选址最终明确之前，进行了环评和稳评，而且这次机场的环评、稳评都获得大多数人的支持，这个宣传工作是怎么做的？能否介绍一下环评、稳评的过程？

赵建国（北京新机场建设大兴区筹备办副主任）：这个环评准确说应该是机场项目建设对环境影响的综合评价。解释一下，就是说你要建一个机场，未来它的运行对周边环境、土壤、气候，包括一些其他方面，环境上有没有影响，这叫环境影响评价。稳评呢，是指在机场建设过程当中，会不会对社会稳定产生一些影响，这是项目可研批复的两个前置条件。这个公众参与是说，这些事一定要让老百姓知道，所以就有一个公众参与。这个公众参与是在 2014 年的 2 月份，因为它是可研批复的一个前置条件，为了做好这项工作，我们区里也是花了很大的力量。因为在之前有些项目，就因为环评公共参与不过，项目无法立项。如果出现这种情况、这些问题，那将是很麻烦的事。

对老百姓，我们一方面要本着一种实事求是的精神，不能欺骗老百姓，必须实事求是，必须科学地向老百姓解释。同时，还要做一些耐心细致的工作，让老百姓认可这件事，包括承诺如果出现问题，我们怎么解决这些问题，也是给老百姓都承诺的。同时，我们这个地区的老百姓也是纯朴、善良，而且大局意识也非常强，说建新机场，国家重点工程，老百姓也非常支持的，所以说环评、稳评公参的支持率达到了 97% 以上，一次性通过，这个也是得到了国家层面、市级层面，包括一些专业部门的一致认可，为新机场可研的顺利批复也是奠定了一个很好的基础。

刘长江（北京新机场建设大兴区筹备办副主任）：在做公参之前，正好赶上建京沈高铁，高铁公参第一次就没通过，沿线的居民不同意这个方案。公参没过，这个项目就拖延了，然后又修整方案，又换方案，最后一次有一个站移走了，居民才同意的。在这种形势下，公众参与这项工作应当是 2013 年的一个重点工作，我们区里边组织有关部门，尤其是组织乡镇进行正面的宣传，有效地组织，最后咱们的公参前后用了将近一个多月的时间，顺利通过了，咱们问卷的支持率 98.3% 好像是。

当时主要是宣传新机场的建设对于未来这个地区，尤其对大兴社会和经济发展的促进作用和带动作用，宣传这个好处。促进我们经济转型、劳动力就业、生活水平提高、城镇化率的提高，包括生态的改善、基础设施的改善，都在这些方面做宣传。宣传的渠道有广播、报纸、公开信、座谈会，这些渠道都用了。分镇开动员会，给各村的干部代表、参加公参的组织人员进行培训，讲解怎么做，为什么这么做。区里边也下去干部，镇里边也下去干部，还有环评报告编制单位的，他们管技术，我们管思想，大体上是这么分工的。

许玉增（曾任北京新机场建设大兴区筹备办副主任）：这个环评公参、稳评公参应该由谁来做呢？实际上应该由建设方首都机场建设集团进行这方面的工作，但是我们为了更顺利，我们地方发挥了主导作用，从组织到各个方面。至于说里边的一些指标、体系，包括怎么算合格，怎么算通过，它有一个评价的体系，比较复杂，因为这里边涉及一些专业知识，包括噪音、粉尘、排污，等等，各个方面都有一些指标。

环评公参和稳评公参对机场的建设能否顺利开展，对可研报告的批复起到至关重要的作用。所以从 2014 年春节过后，我们就开始筹备组织环评公参的工作。这个工作实际上涉及的面比较大，涉及五个镇 5 万多户，涉及的人口达到 15 万人左右。这个公参的内容主要是要询问老百姓或者说征求老百姓对这个机场建设的一些意见、一些建议，包括对一些指标是否认可，等等，让老百姓能够知道新机场将会对本地区带来哪些影响，然后询问是否同意新机场的建设。在这个过程当中我们举全区之力，把它当作一个大事来抓，这也是新机场建设之前最实的一件事，这个工作做好对后面的影响还是比较大的，这也是我们第一次在新机场建设方面面对广大群众，所以意义非凡。我们当时把各个方面的困难都考虑到了，各个方面的预案都做到了。很快，通过组织发动，特别是周边的这五个镇的共同努力，包括当时还有一些人大代表和政协委员都参加进来，机场环评公参的工作最后非常顺利地通过了，这些工作，应该在我印象当中是很深刻的。

公参针对不同的群体有不同的方式。对于广大居民更多的就是入户发放问卷，请居民填表、打钩打叉这种方式。对一些群众代表，包括人大代表、政协委员，还有一些企业家，包括一些民营企业家等，我们以召开座谈会的方式来征求意见。

谢冠超（曾任北京新机场建设工作领导小组副组长）：环评、稳评是机场开工审批的重要条件，如果得不到受影响区域公众的绝大多数的同意，机场建设就有可能被一票否决或延缓。我们当时知道京沈高铁就是因为环评问题“卡壳”，直接影响了开工建设和通车时间。所以我们在环评、稳评问题上是特别警惕的。虽然我们不负建设主体责任，但仍然把它当成自己的事来做。环评、稳评从根本上说是政府代表公众进行维权。建机场的关键是要解决好噪音影响。对噪音影响和搬迁范围，书记、区长高度重视，区机场办与首都机场集团反复沟通协调，区环保局对首都机场周边樱花园小区进行实地监测，对新机场周边进行了本底调查。我们结合机场征地搬迁、新航城建设制定了噪音治理工作方案和路线图，严格按照国家标准进行搬迁和治理。这是环评、稳评能通过的根本原因。

尽管如此，我们在组织工作中还是不能有任何闪失的。因为一个时期里有一种工作现象，就是政府本来出发点是好的，是为群众办好事，但往往事与愿违，得不到群众的拥护和支持。环评、稳评前，我们分析了大兴的情况，政府是有公信力的。我们建机场，发展临空经济是维护群众利益的，和群众的关切相一致。问题是这次环评、稳评涉及范围大，参与人数多，不是噪音区内一次全部拆除，搬迁群众中难免有人会把个人搬迁补偿和环评、稳评混在一起说。也要防止个别人趁机泄私愤，把过去对村镇干部的不满发泄在环评、稳评中，制造事端。机场办在认真

礼贤镇北京大兴国际机场项目拆迁政策培训大会（2015 年 5 月）

分析研判的基础上制定了详细可操作的工作方案。基本上还是老办法，一是加大正面宣传力度，深化群众对建机场和临空经济区的认识，从维护群众长远利益和根本利益出发，引导群众顾全大局。不同的是这次动员群众更直接、更深入、更普遍、更具体。二是发挥基层党组织的战斗堡垒作用，发挥村镇党委做群众工作的优势，依靠村镇干部做好工作。我参加了榆垡镇的各村干部动员会议，特别强调多听听村支部书记反映的问题，能解决的要在环评公参前解决好。三是领导干部包村，实行责任制。机场办的所有正副处长和副主任全部到村入户，和各镇包村干部一起，紧紧依靠村党支部一班人做好工作，有效保证了环评、稳评公众参与的顺利进行。这次环评、稳评公众参与一次性高票通过，实际也是对我们前期工作的一个检验。给我的启发是：只要真正是为群众办实事办好事，就能得到群众的支持和拥护；只要相信群众依靠群众，就能把群众的事情办好。

第三章　土地管控

新机场建设涉及面广，仅占地就涉及大兴区 33 个村 2 万多群众，这在大兴拆迁历史上是少有的。作为大兴区政府，做好机场保障建设的前提是把群众的利益保障好，而保障好群众利益的根本就是做好土地管控。

大兴区实施了"史上最严"的土地管控。一方面，区、镇政府认真贯彻落实中央和市委、市政府关于机场和临空经济区建设的各项决策部署，严格落实属地责任，进一步强化对"人、地、房、业"的综合管控措施；另一方面，限控业态，整体协防，实行全方位布控，发动一切力量举报违法建设，组建 24 小时巡逻队不分昼夜进行监控。

在八年的管控中，各级领导既要面对群众的不理解，又要应付人情的请托，甚至遭受到一些社会势力的人身威胁。在坚持原则的基础上，他们运用了各种办法平衡不同群体的利益，在严格管控的同时不激化矛盾，既节省了征地成本又维护了良好的社会风气。

这场以人口调控为主线、土地管控为基础、建设严控为手段的攻坚战，实现了流动人口有序增减、土地有效管控、违法建设零增长、村集体经济健康发展的战略目标，为机场和临空经济区发展奠定了良好的基础。

第一节 多措并举

为了切实做好土地管控，大兴区与榆垡、礼贤两镇制定了严格的管控计划和实施步骤，并加强对基层干部的思想教育，利用各种形式加强宣传。土地管控目标重点为村里宅基地、空闲地和农用地中未经批准的私搭乱建。榆垡、礼贤两镇对宅基地和农田进行了航拍，鼓励群众对违法建设行为进行举报，组建巡查队 24 小时巡查，以便尽早发现违法建设行动。为了打消个别人抢建抢种的念头，两镇政府利用村中空地开发公共空间，组织纠察队围堵建筑材料，不许其进村。种种措施的实施，为新机场的搬迁建设节省了大笔资金，煞住了抢建抢种骗取搬迁款的不良风气。

问：现在回想起来，整个筹建工作中最艰难的是哪些工作？

邵恒（曾兼任北京新机场建设大兴区筹备办主任）：我觉得最难的还是管控。管控的时候是一个博弈的过程，是一种力量的角力。社会上一些有钱的人，所谓的房虫子、地虫子，在有些项目里头尝到甜头的人。他要到这儿来，从农民手里把地租过来，租过来以后盖房子、种树，干这个干那个，为什么？为了下一步的搬迁得到补偿，这是利益的博弈。那么农民自己，在自己承包的土地上也想盖房子，也想种树，也想搞一些农业设施，也想得到更多的补偿，农民在自己的村庄里的宅基地上也想多盖房子，听说原来盖二层的就能多给钱，把院子都盖严了能多给钱，听各种谣言呗，或者说以前那些经验。所以我们在管控的时候，按老百姓的话说就是断我财路，眼看着五百年不遇的机会，这个大馅饼，天上掉馅饼砸着我了，为什么你不让我多挣点钱，你这也不让我干，那也不让我干，你不就是断我财路吗，那个时候对抗比较激烈。那时期的工作最艰难，但是现在看意义是最大的。

基层干部，特别是村一级干部，一开始会有这种想法，觉得这是国家项目，国家拿钱，咱们卡那么死干什么呀？咱们自己老百姓，让大家多得点呗。但是咱们得讲这个道理。你从最朴素的道理讲，如果说我们因为是国家的重大项目，是国家出钱，市政府出钱，不用咱们区里、镇里往外拿钱，所以就放松管控，使成本增加了，使不该得的利益在这里头实现，那你就没有公平公正可言，你政府的公信力也就没有了，或者这一个地区的风气就败坏了。那以后咱们再有项目时候，再修路怎么办？再搞建设怎么办？以后就会像一个堤坝溃了堤一样，你就堵不住了。所以说我们要讲这个道理，不是说因为是国家的项目有人出钱，咱们就大撒把不管，实际上管控对我们自己的发展是有益的。

你把这个管好了以后，把规矩立下了，把道理讲清楚了，把风气给它扶正了，那么以后大兴区自己再搞项目的时候，不是也受益吗？实践证明，你看机场这个项目完了以后，我们大兴，像魏善庄，像其他几个镇也都在拆，这几年搞集体土地的其他城镇也在拆，如果说当时机场管不住，那后边的项目你也不可能那么顺利。大家都会把那个作为一个标杆，作为一个尺子来比，我就按那个来，就按那个标准来，那儿种了一下树给钱了，我这儿种你也得给我钱，不就这个道理吗？

我们当时那种补偿政策，是根据占地的面积，假如说我们不实施这种严格的管控的话，那老百姓的房子随便建，村里的房盖四层五层也不管，外边的农用地盖房也不管，种树咱也不管，如果是这种情况的话，按照当时 2015 年机场搬迁的政策，可以说肯定要增加成本。

问：土地管控具体包括哪些工作内容？

许玉增（曾任北京新机场建设大兴区筹备办副主任）：从机场确定方案到机场建设，实际上我们管控了八年，这个管控，主要是涉及几个方面：第一，最直接的就是群众宅基地，我们要防止建二层，防止私搭乱建，防止违法建设。第二，对一些企业，在规划还没有正式落地之前，一些企业是限制建设的，限制扩大规模的，这同时也是在发展问题上做出了一个牺牲。这几年应该说企业基本上没有上。第三，在一些公共服务设施上，包括像厕所、道路，像农村的这种街坊路，包括一些基础设施，我们基本上都是在控制的范围之内。第四，绿化，包括周边的一些道路等等各个方面，防止抢栽抢种，防止在这儿租地无序地建设。这个管控，基本上就涉及这么几个方面。

机场办当时发挥的作用就是统筹和协调我们这几个镇，当时的管控，实际上不仅包括礼贤和榆垡，还包括了安定、魏善庄、庞各庄这几个临近的镇，所以，机场办还要发挥一个统筹的协调的作用，同时还要有一个监督的作用，再一个就是跟地方政府协同起来，共同来管控维护好这个区域的建设秩序。这个管控，应该是卓有成效的，在建设搬迁过程当中，我们感觉到由于管控，这个地方减少了浪费，节约了建设的成本，减少了搬迁量。初步统计，应该在 200 亿左右，所以这个量是非常大的，是有效的。

任喜军（礼贤镇党委书记）：土地管控要管住“三块地”。第一块地就是宅基地，我们对于准备搬迁的村进行了一个实地的测绘和航拍，叫一家一户要建档，你的宅基地占地面积和你的房屋结构都已经清清楚楚拍下来了，乃至张三、李四、王五谁挨着谁，我们都画出图贴到村委会去，这是作为一个管控的手段。这是一个宅基地，你多大就是多大，我们尊重历史。

第二个，村庄里面还有一些空闲地我们要管住，为什么要管住？村庄的空闲地属于全体村民共同所有，也就是村集体所有，那不能谁想建房就去建房，我是村干部我就建一个，我在村里能说会道我就建一处，这不行，我们都要标记。在空闲地上要加强它的管控，禁止造成哄抢也好，私占也好，侵占也好，不能让白地上出现房屋，这是第二类。

第三类就是老百姓所种的农田，这是第三块地。根据 1998 年开始土地第二轮延包，我们有明确的确权本，老百姓继续经营三十年，经营权就确立了。我们就是菜田和粮田，没有经过批准，没有经过各种手续的，属于抢栽抢种的，种上树的，一律要拔除。当时我们也出现了几个现象，那没有办法，要顶着风险，老百姓也有不理解，说我们种点树多补偿一点有什么不好的呢？但是从我们镇党委、镇政府角度，经过反复商量，做好群众的工作，我们认为不行。因为我们管控的目的就是要服务保障机场，保护国家的重点工程能够尽快地落地，尽快地结果。但是如果造成大规模的抢栽抢种，我们认为对加强党的领导，推进基层政权，都有百害而无一利，所以说要管住“三种人”，管好“三块地”。

问：我们是通过什么样一个机制来落实土地管控工作的？从区一级层面来讲，由哪个部门制定政策？从各镇各村来讲，是怎么落实的？

刘振宝（曾任大兴区住建委主任）：大兴是这样，拆违控违的办公室，其他区县可能不在建委，我们这儿在建委，我是拆违控违办公室的主任，整个大兴的拆违控违的调度什么的都在我们这儿。本身拆违这块事由属地牵头，都由镇里边负责，按照《城市规划条例》里边规定，也是他们牵头的，但是建委在这里边起到什么作用呢？一个是牵头组织区域里边相关部门的认定，比如说规划，比如说国土对违法建设的认定，这是第一个。

第二个，实施方案。实际上在拆违过程中也要考虑突发事件，要考虑过程中可能出现的事故，包括安全，包括强制，都要考虑。这样，建委作为牵头部门，对方案的研究、制定、审核，到最终如果遇到重大项目的话，建委要牵头在现场指挥，实际操作由镇里边负责，但是我们基本上都在现场，包括我们主管这项工作的这些主任、科长们都在现场，现场一旦有事情随时可以调度。公安、城管、消防、医疗后续的这些事，都是由我们统一的一个会议定下来以后，按照统一的步骤去组织。所以大兴在拆违过程中，应该说没出现太大的问题，这么多年下来应该算是比较平稳的，后边的保障工作做得非常好。

杜志勇（曾任礼贤镇党委书记）：礼贤有三句话，叫作“打造礼贤发展团队，建造礼贤精神，创造礼贤模式”。打造礼贤发展团队，这个发展团队应该说是两支队伍，一个是机关干部，第二个就是村书记这支队伍。带队伍把腿打造得更为强壮，工作干起来才会更有力度。我们在工作当中也形成了礼贤的一整套限控工作模式，叫礼贤限控模式，叫“四三二工作法”。

“四”是“四无”目标。在田地内不允许有违法违章建设，不允许有抢栽抢种，在村庄不允许有侵街占道等违法违章建设，村庄内不允许出现二层以上建筑，就是要保持村庄的原始面貌，这是“四无”。

“三”是三支队伍。第一得有一支信息队。礼贤面积比较大，96平方公里，4万多人口，基层干部人再多你看不过来。谁要说在村庄内盖点违建，从事点其他行为，谁去发现？谁当咱们党委、政府的千里眼？就是要建立起一支信息队伍，有事一发现随时打电话随时报告。有的时候这个事也很复杂，违法违章建筑多数是从夜里开始建。大晚上一般都得在十一二点，这时候灯火通明，嘁里喀喳就开始建了，基本上早上五六点钟就停了。在建的过程都是分步骤的。第一步在外面先建起高大的院墙，先拿院墙圈起来，院墙盖得很高，两三米，三米以上，在外面基本上里边干什么你都看不见。第二步才在院内再建实体的违法违章建筑，到什么程度，一夜之间就盖起来了，动员的力量十分之大，工作效率十分之高。所以说必须要建立起信息队。第二支队伍是要建立起巡查队。有的时候一个人看一个村也看不过来，我们要建立机动的巡查。所有的主要街道，主要的区块，全镇范围内实施24小时的巡查。因为咱们工具条件不够，要都能装上探头更省事了，现在还达不到那种程度。第三支队伍是组建了200人的快速处置队伍。这种处置队伍依法行政，虽然处置的工作流程也发生着很大的变化，但是追求的方向和目标就是要早发现、快处理，就是要消灭违法违章建设行为于初始阶段，这就是我们确定的方向。为什么要这么考虑呢？第一个，凡是建成的违建它的投入肯定很大，你要拆掉的时候他就必然为了保护他的利益别打水漂，花那么多钱建的，他肯定要跟你对抗。减少这种对抗的行为就要打早，还有一个降低他的损失的意思。建完可能得花个百十万，但是你刚开始建的时候就买点砖瓦，可能就投几万块钱就行了。这样保护老百姓的利益别受这种违法违章建设的冲击。所以说就是打早打小，消灭于起始。这样组织了三支队伍。

同时还有两个平台。一个平台是举报平台，举报平台设立举报电话，拿大喇叭一喊，谁要发现违法违章建设就打这电话，咱们保证10分钟之内就有巡查车辆到达现场。第二是奖励平台，一方面叫作谁举报属实就给予奖励，同时做通一户工作降低损失了，争取他自拆了，也给奖励。用这种奖励的方式来引导村干部努力工作，来引导咱们村民争取自拆。

我们一开始是“四三二工作法”，第二步发展到“六步工作法”，逐步通过法律程序、手续完备工作方法。人家说你拆违法违章建筑，你也得走法律规定的这些程序。但是有时候现行的有一些法条法规在执行起来很难，比如说拆违，头一个说认定，那你说咱们在村庄范围之内盖房子怎么认定，谁来认定，说谁审批谁认定，那就是得区直部门组织工作，区国土部门，他来审批他来研究，但是北京市应该说十多年了宅基地从不审批，这是基本的历史情况，全市都是这样。第二个环节是告知。一告知五天之内，也就是说你得告知他五天，而且还得送达，他本人还得接受。像这种情况不用五天，一天所有的都盖满了。这种行为你制止不住，他整个盖起来之后你再拆，第一风险比较高，咱们都做风险评估，拆一个建成之后的违建风险系数、危险系数很高，发生肢体冲突，抗拒、阻碍行为很普遍，如果说在违建建设初始阶段，抵抗的程度就很低。旁边盖，有的村里的干部一推一劝一拉基本就拆了，但是建成之后再拆这事不行，一哭二闹三上吊，撒泼打滚开始闹。为什么呢？钱回不来了。他盖一处大房子怎么也得好几十万，这好几十万是他辛辛苦苦攒了几十年的，那你说他能同意？所以敢跟你拼命。

所以说我们头一步，第一阶段就是实施“四三二模式”，后期依法拆违，逐步摸索出整个一套符合法律规定的整个工作流程。比如说我们头一步发现，叫作发现即制止，坚决做到这个。要是初始阶段没有形成违建，是不能界定我这是什么行为的，我不是拆违行为，我是什么行为呢？我是制止行为。这种制止行为有什么法律明文规定？没有。那我就采取这个，老百姓不管说是谁，降低他的损失也比建成之后再拆损失要小。虽然说心有不甘，但是大体还能够接受。总体来看，发现、巡查、告知、自拆、强拆、恢复“六步工作法”实施几年下来，整个礼贤违法违章建设基本实现零增长。这是第二阶段。

第三阶段利用了科技信息手段，我们叫作“四图一测”。什么叫作“四图”呢？每个村庄实施落图制管理，每个村庄有多少间房子，有多少街道，统统地在一张平面图上有所标示。每一户的院落，家里面有几排房子，是三合院还是四合院，是两排还是三排都有明确的标识。标注得都很清楚，这是第一张图。第二张图是基本信息情况图。在这张图的基础之上，你们家有多少口人，都在哪，都是从事什么工作的，现在在本村现实居住的有多少人，孩子有没有，整个人文信息。第三张图是街景图。我们专门儿花钱，请区里测绘公司，每一个街道都是实际测算，360 度图景，每一条胡同都转到，局部的位置随时能调，街边现实的一些情况，房屋的情况，什么叫侵街占道，一条马路边界在哪，这是街景图。然后就是具体落到每一户有一个详图。这叫“四图”。“一测”是什么？一村一测，一户一档。

这就是礼贤三个阶段，第一个阶段是“四三二”，第二个阶段是“六步工作法”，第三个阶段就是“四图一测”。应该说这三个阶段走下来促进了咱们老百姓观念的转变。

管控办负责人：2010年的3月25号成立的管控办，管控办的职责总共六项：第一项是对抢栽抢种的现象进行管控，发现违法建设的进行制止，非法占地的报农业部门，违法建设报规划部门；第二项是每天组织管控队员到田间地头对非法占地和违法建设强行检查，查完以后了解这些人的基本情况，然后登记存档，建立台账；第三项是由农口或者是规划口对非法占地和违法建设进行核实，发一些告知书，然后我们根据告知书的情况进行监管；第四项是组织人员与执法部门配合，对一些需要执法的进行执法；第五项是每天把一些情况及时地向领导汇报，要有重大的情况更要及时汇报；第六项是完成镇政府和党委部署的其他的一些工作任务。

我们主要是以拆为主，因为什么？拆是最直接的制止的办法。当时我们管控队员分了13个组，管辖区分重点管控区和一般管控区。管控队员最多的时候100多人，然后还有夜班，现在常态的就是65个。咱是按车分组，一个车上五六个人，把镇域进行条块分割完以后，一个巡逻车组根据村的大小，可能三个村，可能五个村不等，流动巡查。

镇里的领导对管控工作非常支持，把我们的工作当作一号工程政治任务。领导帮助我们，所以人力物力都没问题。原来我们所有的车，车上都有GPS定位，一个是监督这些队员不能偷懒，第二个也是有什么情况能够及时跟踪上。现在前后装的都有行车记录仪，都有对讲机。我们当时形成这一套，应该说2011年大拆以后，这个势头就遏制住了，后来慢慢就进入常态了，就好了，就小打小闹了。2011 年那一年是最激烈的一年，到 2012 年上半年逐渐在减缓，下半年就好多了。

后来我们搞了一个叫查拆分离，检查的和拆违的不是一拨人，这样我们减少了矛盾冲突。因为这些人查完了以后再去拆，比如说你要是在这个村拆完了，老百姓都认识你，把你又给堵那儿了。后来我们就检查的人，你把那个地儿跟我们说好，在什么位置，拆找另外一拨人，再雇保安单独去拆。查拆分离也是咱们管控办自己的一种创新。你要是还是同一拨人，这帮人头天去了，人家认识了，第二天再到这个村不让你走了，这样又影响工作，还影响精力。再一个，这些人时间长就胆怯了，不敢去了，所以说后来我们就搞了一个查拆分离。是从 2014 年、2015 年开始用这个形式。

我们镇当时也建立了一个八项的管控机制，叫以宣控违、以制控违、以巡控违、以堵控违、以绿控违、以情控违、以拆控违、以纪控违。

以宣控违，是加大宣传的力度。我们通过条幅，通过我们镇里的《今日榆垡》，还有广播宣传，一个是别让老百姓存侥幸心理，再一个是讲清咱们的政策，这是以宣控违。

以制控违就是以制度、靠制度控违。

以巡控违就是巡查，我们叫全天候无缝隙无盲区无死角巡查，不管是白天晚上，都是条块分割，都划分责任区，一个车组每天报情况。

以堵控违是堵截砖瓦沙石，堵建筑材料，就是给堵住，不让你进来，有的就劝走，要么就赶走，反正是不让你把建材拉到这个区域内。我们堵的时候，也是有一个联合执法队，有城管的，有派出所的，还有我们管控的一块，然后运沙石的好多车辆都手续不全，还有罚款，然后卸载，你要是违规了，还要看你有没有驾照什么的，还有你的车达不达标，反正就是各种形式不让你过，就给你弄走了，所以就查这些。

以绿控违是什么？就是村里边有空闲地，一个搞绿化，再一个弄一点小的健身器材。镇里边弄的，村里有需求，这样减少好多人惦记了，你要把这个地儿利用起来了，它就没有空闲了。

以情控违是什么？通过人的这种感情去劝，有的发动人，你就靠亲戚朋友再劝他一下。有的人很顽固的，很固执的。

以拆控违就不用说了，拆是我们最直接的手段，也是最有效的手段。

榆垡镇崔指挥营村健身器材

以纪控违就是靠纪律，特别是村里边的干部，还有镇里边的干部，如果发现谁参与这事了，那就是直接问责，所以首先在纪律层面上，再一个就是对我们执法人员，如果有不作为的，或者说是参与进去的，一样，也有队员跟人家要钱的，其实还没拿到手，我们就把他开除了。

问：基层党员在管控中发挥了什么作用？在劝导或者管理其他人私搭乱建的过程中会不会和村民有冲突？特别是村里的干部，都是老乡亲，会不会有矛盾？

杨彦光（曾任榆垡镇党委书记）：在这个过程中也有许许多多党员带头的例子。党员家里边旁边有空闲地的，党员不抢建。党员把信息反馈给党支部，党支部及时报告到镇里面，我们及时去执法。在过程当中确确实实，基层的战斗堡垒和我们党员的先锋模范作用体现出来，在这一点上也应该说，整个管控工作中，把违法建设遏制在萌芽状态，党员发挥的作用很好。

也有和街里街坊有冲突的，各种各样都有。比如党员去管了，村民说党员觉悟真高，你是党员，你们家都是党员，说一些风凉话，我们党员要承担。由于管人家了，党员也形成了家里的内部的矛盾，说大家都是人之常情，你管人家了，人家对你有意见，人家记恨你了，不管成不成？也有。甚至一些党员躲得远远的，这种情况也有。我们说了，不可能要求所有的党员觉悟都这么高，但是我们发挥党组织的先锋模范作用，主流是好的，我们这项工作，发挥党组织的作用就抓到位了，所以从主流上来说，我们党员还是有觉悟的。

杜志勇（曾任礼贤镇党委书记）：从党员开始做工作，从干部身上开始做工作。每年讲党课都是我亲自给讲，连续讲七年。这七年每年老是要讲重复的话题就很难了，但是这七年必须老话题年年重复讲新的东西，重复的主题就是抓限控，但是每年都要给大家以鼓舞，建立大家的一种信心，树立一种决心，始终不变地要抓好限控工作。我们讲党课借助学校的大礼堂，一说就上千人，全镇的也不可能都来，全镇大部分党员在会上。跟大家掰开了揉碎了讲。说讲党课但不能光讲建党的历史、党的理论，光讲这个不行，必须要结合我们礼贤当前的实际，他们最感兴趣、最关注的焦点话题，用咱们的认识和方向来引导老百姓有一个正确的理解。要打造一个好的基础，为将来发展创造好的环境。我们说点老百姓能够认可的家长里短的，用他自身的事来解决他自身的思想问题。

在农村，亲情观念或者是家族观念很强，党委、政府里机关干部有的就是本土村里的，有些干部过去就是从村里的书记，然后一步一步到机关来工作。他这个家庭观念、意识在老百姓内心深处是有潜移默化的影响的。这里面最大的难题就是村干部本人你是不是管得好自己，第二个你能否管得住家庭，第三步是能否管住家族，然后用家族来施加影响，来对全村有一个有效的把控。应该说村干部在某种程度上比其他村民的能力、水平、素质还是要高一些，要做好别人的思想工作，先得把自己工作做通了，自己先得想明白，想明白之后就有一个带头的人。在农村来讲村书记、村干部有一定的影响力和带动力，他自身，然后是家庭，第二是家族，第三才是整个村子。

问：请介绍一下宣传土地管控都宣传了什么？是用什么样的方式进

行宣传的?

杜志勇(曾任礼贤镇党委书记):礼贤是谁的礼贤?是人民的礼贤,我们不管是限控也好还是建机场也好,还是将来追求发展也好,都是为了礼贤的发展。今天的限控是为了明天的发展,为好的空间打下一个好的基础。虽然说这么表述是可以的,但是在现实的工作当中光有这么简单的表述不足以获取老百姓的理解和支持,应该说也是分了几步走才实现的。

头一步我们感觉得给老百姓一个方向,一个奋斗的目标,然后咱们党委引领礼贤人往这个方向去追求、去发展、去实践。这个方向我们当时根据对礼贤新机场的预期,同时根据新经济发展的一种方向,提出要打造四个理念:人文、绿色、高端、国际。我要告诉老百姓,咱们建完机场之后、建了新航城之后应该是一个什么样的状况,它是需要经过几代礼贤人的共同努力和创造的,我们当前要做的就是要做好限控。所以说提出人文礼贤,人文就是把礼贤的这种文化底蕴挖掘出来,形成一个良好的社会风气,这是人文礼贤。绿色就是一种生存环境和生活环境。高端是什么呢?站位高、世界眼光、国际标准,高起点、高站位地来思考、谋划礼贤的发展,吸引高端的企业,吸引高端的人群,在礼贤形成集聚。对于礼贤人来讲,将来不是局限于礼贤本土人士,应该说是一个礼贤的国际航城当中的人群。现在一说北京人,跟过去北京人的概念发生了翻天覆地的变化,将来礼贤人的概念也会发生翻天覆地的变化。国际礼贤也就是既然是国际性的航空港,既然是要建航空新城,那它就应该是成为一个国际交往的门户。整个机场它面对的就是整个广阔的河北地区,

榆垡镇西押堤村宣传横幅

这是进入北京的一个桥头堡，对于周边的这种辐射带动会很好。我们要给老百姓定位一个方向，给老百姓一个奋斗的目标。四个礼贤建设理念，落脚点是宜居宜业新航城，这是从整个礼贤的角度给大家一个方向。

从老百姓的切实切身体会上也应该给大家一个方向，所以我们提出“三化”，就是农民的市民化、工作的园区化、生活的社区化。我得告诉老百姓你将来是身份的转变，现在你是礼贤的农民，将来你就是新航城的市民，这是一个身份的变化。第二是工作生产环境的转变。你现在是土里刨食，面朝黄土背朝天，每年你能有多少钱的收益那都是可算的，如果说纯是种菜或者就是种粮食，你要种粮食就是两千块钱左右的收入，你要种菜高于它也高不到哪去。你将来的工作是什么呢？园区，都是各大园区。比如说什么高端的产品生产基地，研发基地，你这种就是工作的园区化加上生产方式发生这么个变化。再有，生活方式也将会发生根本性的变化，居住在社区，你是社区的一分子，将来由平房到楼房，最起码冬天不用再自己烧煤取暖，环境卫生，可以享受一些高端便捷的商业服务，生活性服务业、基础设施是完备的。

这叫四个定位，实现三个转变，用这个方向来引领大家，应该说得到了老百姓普遍的认可或者叫作形成了普遍的共识。从转变上、从变化上来讲，老百姓从内心深处对限控，从最初的对抗到弱化成为抵触，然后到理解，最后是支持。对违建也是三个变化，从最初的想建，到不敢建，再到不能建，最后到不想建，从想建到不想建发生了根本性的变化。

具体的细的东西还是要靠我们有一套工作的机制，特别是要靠我们底下村里的干部来做大量的工作。他可以串个门，到那儿喝杯酒或者喝点茶，或者是在跳广场舞、在闲聊天的过程当中就把这种意识，通过日常的一种工作、生活的习惯、行为，在老百姓当中普遍地传播，这个有时候你要是很正式地跟老百姓面对面讲，老百姓未必能听得进去，但是他要是听说如何如何，这个他倒信以为真，这是一个现实的情况。

再有坚持强迫性的宣传，在农村都有高音喇叭，每个村都有好几个，这个高音喇叭是咱们的宣传阵地，必须控制在党的手里。每天三遍，我们把这些需要让老百姓知道的广播出去，就是你愿意听也得听，不愿意听也得听，你除非把耳朵堵上。这就是强迫性的宣传，在农村大喇叭宣传阵地还是比较好使。我们在每个电线杆上都挂道旗，道旗上都写着老百姓能理解的标语和口号，一看能明白，而且能够让他有所联想，有所启迪启示。一进入礼贤范围之内就应该能够见得到，整个贯穿重要的街道。

还有人为的“大喇叭”。农村每个村都有好张罗事的人，他就是一个小广播，天天家长里短，天天走门串户，每个村都有几个这样的人物。要把这样的人纳入咱们组织体系内，发挥他的特长，宣传党委、政府需要的一些正能量，一些正确的声音，借助这个活喇叭在村民内部广泛地传播。这样两个喇叭，一个方面是强迫性的，另外一方面是家长里短式的。这叫作入脑入心。进村、入门、上炕这种宣传方式，应该说农村老百姓还是接受这种方式，我们用它来达到形成全镇的一种共识的目的。抓限控就是抓发展，我们抓的是眼前，为的是我的后代享受更好的生活。所以说形成一种理解，形成了两个变化，一个是思想的变化，一个是稳定现实的变化。

张月学（曾任礼贤镇大马坊村党支部书记）：那时候是以给村民一封信的形式，每家每户，不止是一次，有好多好多次，好多内容。那时候区政府提出叫“多建不多得，少建不少得，不让老实人吃亏”。我们的工作就始终贯穿着这个理念。现在一个字调整了，叫“多建不多得，不建不少得”，不是“少建不少得”，少建也是建，也是在占用资源浪费资源，占用你个人的资金，浪费着你个人的资金，浪费着国家资源，所以叫不建不少得，调整了一个字，所以不得不佩服领导的智慧，非常到位。管控的宣传，是铺天盖地的无缝隙的宣传。以宣传的形式，巡查执法的形式，还有横幅、广播喇叭的形式，在每天不间断地进行宣传，你能做什么，你不能做什么。

王静（曾任榆垡镇宣传部部长）：在机场搬迁之前的七八年吧，一直在管控，也是在围绕着管控做宣传什么的，搞活动都是围绕着未来的新机场建设，然后怎么管控，怎么带头，多盖不多得，不盖不少得，不让老实人吃亏，一直在做这方面的宣传。

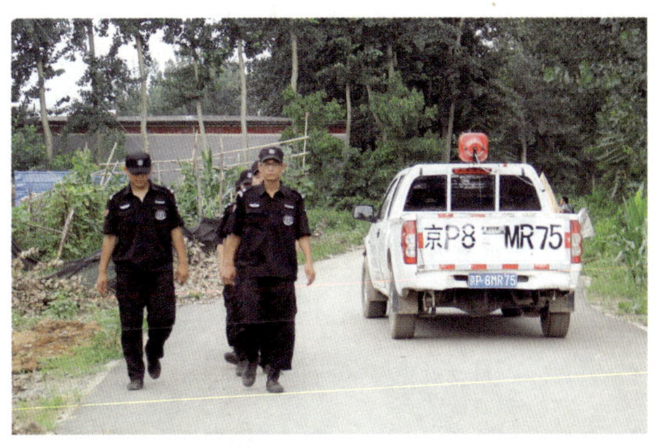

宣传车在礼贤镇贺南村进行搬迁政策宣传

我们榆垡58个村，每个村都有大喇叭的广播，包括有些电子屏、大屏幕，在搬迁之前，宣传的中心工作都围绕着党委、政府的中心工作抓管控，整个榆垡镇的58个村，包括不搬迁的村，都在做这个宣传工作。就是告诉老百姓，未来我们要建新机场了，你多盖不多得，一直也是我们宣传先行，包括大喇叭里的广播，给大家发宣传手册，定期地搞一些培训，之前这些年一直在做老百姓的工作。

大家积极性很高，也愿意参与。大家参与的时候可能也会在想，那我不盖会不会真的不少得，他可能也会打个问号。所以我们之前宣传的时候发的一些手册，很多有心的老百姓都留着，说你哪年哪年发了一个什么东西，然后他每一次都留着，说我看看到时候搬迁的时候，是不是能够从始至终的一个政策不松动，确实能不让老百姓吃亏，老百姓手里都留着这些宣传册。包括那时候我们网站上的这种宣传，村里边大喇叭不间断的广播，包括我们发一些宣传页，包括横幅、道旗，整个营造的宣传氛围非常好。

通过文化活动也好，会议也好，我们点点滴滴地给老百姓做这种润物细无声的宣传。把党委、政府的一些想法、一些政策，慢慢地都给老百姓在渗透。尽管经历了很多很多的波折，但是我们42天还是完成了所有民宅的搬迁。

问：宣传的效果怎么样？村民对“多建不多得”的宣传相信吗？

王浩（礼贤镇大马坊村村民）：说实话，肯定是犹豫的。你说一点不相信也是假的，但是相信的程度也就是 50%，说真的，当时是这么想的。因为你没搬迁的时候，你听外面搬迁这种风言风语，甚至一些小玩闹们干的一些事，本身肯定要有些个怀疑。比如说你没有东西，说你有这个碗赔你碗，那你没有碗怎么赔你，这是很实际的一个想法，这个我认为老百姓有这种想法也不为过。比如说我有五间房子，那么我再盖五间是十间房子，那十间房子的价值一定会超过五间房的价值，这是肯定的。

对于老百姓来讲，他所想的东西第一是考虑他自己利益最大化，当然他服从国家的利益，搬迁本身就是服从国家的安排了，但他总要想在这个大的搬迁里面我挣多少钱，想的是我别吃亏。老百姓没有那么高的欲望，因为他的地位、他的权利、他把控这个东西的能力，都不允许他想我想挣多少钱，我是得到最高的那个人，从来没这么想过。我没这么想过，我相信 70% 的人都不这么想，都想我在这里得到一个最高的回报率，或者叫作最高利益的获得者。

你要说没困扰是假的，它这个管控一个是管理，一个是控制。但这里面有个矛盾的问题，你越不让他盖他越盖，因为没有（经历）搬迁的人并不了解这搬迁到底是怎么一回事，说实在的，就跟摸着石头过河一样。但是他这个还不完全是摸着石头过河，它外边是有一些搬迁的经验或者搬迁的风吹进来了，它传来了一些当然也有积极的也有负面的东西，这是正常的。我困惑的地方是哪儿呢？你比如说你想干点什么，你想起一个临时的小个体营业执照就不行了。当然这个事他控制你的目的是什么呢？为了减少搬迁时候的麻烦，牵扯到很多，但是告诉你了不起照也不会让你受到损失，确实到后来也是这样，你没有营业执照和有营业执照一样地对待，同样地给你一样的补贴。

我觉得还是在搬迁的动员以后，我感觉这里有一个过程，不是说你这小喇叭老宣传，你老宣传说不让老实人吃亏，老实人就信了，还得有实际行动，比如说在政策出台以后，人们确实信了。头搬迁之前有个动员会，2015 年 5 月 16 号开的，这个时候人们基本上就信了。

问：管控巡查主要是靠管控办的巡逻队吗？还是也发动其他群众参与巡查？

杨彦光（曾任榆垡镇党委书记）：各个村也要求村支部、村委会成立管控小组，村子里发动老党员，发动一些村子里面的村民代表，发挥他们的作用，举报。过去我们这里成立管控办的同时，发动“八大员”的作用，保洁员、管水员、就业指导员、妇女专干这些人，因为他们工作在村子里面，他们有第一手的材料，谁家要是准备盖房子种树，他们有第一时间发现的。两个镇都这样搞。我们发挥各级党委各级党组织的作用，发挥“八大员”的作用，发展巡查机制，建立这种制度，然后形成全覆盖，最后有这方面的信息我们第一手掌握。

刘志刚（榆垡镇党委书记）：全镇 136 平方公里 58 个村，我们镇里面工作人员公务员在编的可能也就 100 人左右，除去领导干部二十几人，可能也就 80 人左右，靠这些人去覆盖全镇，我们真真正正做不到及时发现。但是我们每天还都是 24 小时在巡查这个事。这个点是我亲自看到的，我看到的时候已经围上挡板，里面也种上树，盖上亭子。我路过看到的，准备要建房子，这样的话，我就跟镇上的管控办交代这个任务，我也是巡查的一员，看见之后我也要举报，举报完之后，开始对地上物进行清理。

问：以绿控违都有哪些措施？我们利用空闲地建一些公共设施，但是很快机场建设要求搬迁，刚建好就拆了，会不会造成一些浪费？

任喜军（礼贤镇党委书记）：礼贤是这么做的，有一些所谓的面积稍微大一点的，我们镇政府出资进行了改造，对于村庄里的空闲地，一个是文化广场，也就是老百姓业余生活的场所，我们进行了硬化，进行了改造，但是不允许建房，这是一类。第二类，依托上级的政策和支持，我们建了浴池、文化图书室等，因为我们的建设就是为老百姓谋福利，不能让个人去建。在这里，谁家族势力大，谁威信高，或者谁不讲理，就抢建了这一块，这是坚决不允许的。

确实当时也有一些顾虑，但是后来我们党委专门研究这个顾虑，搬迁确定了搬迁村和未搬迁村，我们一并搞了这个，因为你建完之后拆掉，但是实际我们会节省很多。

第一，阻止了老百姓抢建的愿望，因为没有地儿了，我们用公共设施占用了，这是减少了一些不必要的抢建、侵占，制止了少数人的一些心思。

第二，通过搬迁又能够给村集体带来一定的效益，一定的收入，我们过去是空闲地，肯定就没有补偿，我们现在建了一个文化广场，经过硬化，我们不要，全给村集体老百姓共同所有，后来也得到了老百姓拥护。有的老百姓当时还认为，镇里投钱了，是不是搬迁的时候这个小广场赔偿的钱就得给镇里？我们党委经过研究，一律给到村集体，老百姓的地，老百姓文化的阵地，给到村集体，我们也毫无怨言。

礼贤镇贺南村进行治安巡查

问：以堵控违是怎么实施的？

管控办负责人：我们搞的关口前移，就是查阻建材，你要建你需要建材，那个时候最疯狂的时候旧砖都卖到每块将近 5 毛钱了，新砖 7 毛，那时候违法建设建材的成本特别高，我们把它全部堵到外边，不让进来。

不是村口，把我们榆垡这个镇域所有的路口全部安排了哨，最多的时候我们保安300多人，把各个路口全部封堵，只要能够过车，能够拉建材的全部给堵了，这样也得到了很好的制止，他想建没有建材建不了。

杜志勇（曾任礼贤镇党委书记）：最猖狂的应该是从2009年下半年，2009年下半年刚刚开始，2010年属于高峰时期。那时候你进村别的甭看，你就看那砖垛，那砖都得垛得一人来高，基本上每条胡同都能看到砖垛子，就到这种程度。

从效果来说，礼贤刮起“三阵风”的时候一块红砖是六毛八分钱，应该说价码翻了很高，最初就是一毛九。通过我们几年持续不断地对违法违章建设的打击打压，没有什么空间了，从六毛八一直降到三毛，整个价格的回落确实能够体现工作效果，老百姓就不建了，砖卖不出去了。

第二节　利益博弈

随着新机场落地大兴的消息不胫而走，大兴区就成了一个博弈场。国家与地方，集体与个人，投机者与执法者，眼前利益与长期发展，大兴区一时之间上演了错综复杂的利益博弈。一些本地村民为了多得一些搬迁补偿，在宅基地中扩建房屋或者在自家农地中种植高价值的经济作物。一些外来的“房虫、地虫、树虫”也望风而动，纷纷在大兴投机，企图在搬迁中牟利。对于村民抢栽抢建企图多得搬迁赔偿的行为，既要严格管理以求公平，又要变通执法程序减轻村民损失。面对村民的不理解，既不能放弃原则又不能激化矛盾。在与外来投机者的博弈中，基层干部更是要面对有组织的对抗，甚至受到人身安全的威胁。同时，制定相互监督的管控制度，防止干部受到人情压力和利益诱惑而产生腐败行为，这也是管控博弈中不可忽视的重要环节。

榆垡镇拦截抢栽抢种树苗

问：土地管控是机场筹建工作中最困难的部分，是个博弈的过程，作为管理部门，我们博弈的对象有哪些人？

杜志勇（曾任礼贤镇党委书记）：虽然说机场选址没有正式批复，但是老百姓都在口口相传新机场要落户礼贤，造成礼贤刮了“三股风”，产生了“三条虫”，应该说局部在一段时间以内，刮起了“三股风”。第一股风就是抢建风，原则上咱们农村宅基地上盖房都是需要报到镇里，报到区里，但是当时一度老百姓家家户户，特别是相对集中的南部地区，老百姓在自己家院子房中抢建。第二股风就是抢种，就是改变了过去农村的基本农田，在基本农田上开始种树，所谓种树，有些种的是什么果树，还有一些种的是经济树，还有的一些种的是名贵树，像种银杏的，还有种其他一些大的树，这在礼贤都出现过，这是抢种风。第三股风就是盖违建，违章建设主要是出现在哪呢？街道、村庄范围之内占道，这是一个方面，另外一个方面就是过去的一些村边上这一些空闲地，直接就盖起房子，违法建设。

“三条虫”就是房虫子、地虫子和树虫子。大量的外人或者叫作兜里有钱的人进入礼贤，进入礼贤干吗呢？直接以租或者买这种方式买老百姓的房子，老百姓流转的或者租的土地。农民宅基地法律上是不支持买卖，但是农村有很多富余的房子，老百姓有这种买卖的行为，在法院打官司这种行为也是卖完了之后又把他房子收回来这种情况也有。这是房虫子。地虫子就是过来到礼贤这去收地，所谓收地是利用土地流转，出租金，我把你土地还有多少年的承包期，然后用高价从你手里租过来。第三块是树虫子，树虫子就是把这地租下来种树。老百姓说马上新机场来了我凭什么要租给你，我凭什么要卖给你，但是这个高价的吸引促使老百姓还是会发生这种情况。后期又有一种变化，一看说买不行，租也不行，那我出钱跟你一块合建，所以说出现了“三条虫”，房虫子、地虫子、树虫子。

在拆违的过程当中，应该说对外来人员，就是礼贤以外的投机经营者，就是刚才我说的“三条虫”，房虫子、地虫子、树虫子，这些人在礼贤地面上从事着违法违章建设行为，我们打击的力度是空前的，同时下了狠心出重拳，要把这“三条虫”彻底地扫出去。在这个过程中发生过一些激烈的冲突，党委、政府和我们的工作人员义无反顾，顶住了各种压力。什么叫各种压力呢？这些“三条虫”手里头有点钱，而且他也有比较复杂的社会关系，为了保住他的违法违章建筑，必然要动用他一切可以调动的力量来达到目的，但是咱们的目标就是违法违章建设必须要清理，必须要拆平，所以从这个角度来讲这就是利益冲突博弈的高峰时期。为此咱们也有一些相关的措施和办法。我们感觉这一块还是应该说态度是坚决的，下手是稳准狠的。

但是从另外一个角度来讲，对于礼贤本土的百姓们，第一本身就很穷，第二虽然说是搞了一些违法违章建筑，村里边对这事的态度也是有一个变化的过程。最初应该说叫作默许，就是睁一只眼闭一只眼就得了，因为都是本村人，大家都不容易，当然都是为了过上好日子，兜里钱能多一点。另外还有对于家里很穷，原来就有宅基地，但是宅基地多年没建了，没建了之后现在刚攒点钱就想着把这宅基地建起来，类似这样的情况处理起来难度也就特大，因为本身礼贤本土人的现状确实是经济条件不好，而且盖点房子应该说是倾其所有，咱们在拆除这方面违建的时候需要下更大的功夫，把工作做得更细。我们确定的目标是，礼贤本土人搞了违章建设，我们力争打早。所谓打早呢，在他违法违章建设刚刚开始起，实施状态的时候就要争取制止这种行为。这是出于对老百姓的一种保护，盖起来钱都投入了，都投光了，然后说你再拆，肯定他的损失无法承担，应该说这一棍子下去老百姓直接就返贫了。

问：对于本镇居民的抢建，要减少其损失，对于外来势力企图在搬迁中分得利益要严厉打击，我们在管理上还是要区别对待的，那我们能区分这两种人吗？怎么区分？

管控办负责人：能看出来，因为投资者投资不讲质量，只讲速度，从建材、设计、速度都能看出来，包括树也是，如果老百姓种的树，都是占自己家的地，数量少，再一个它的树种是常见的树种，而且单株也小。要是投资者种的都是一些名贵的树种或者药材，不一样，一看就能分辨出来，而且数量多，有的树冠也特别大，一棵树有的都上万块钱的，投资大，像老百姓一般不会干这个的，所以一看就能看得出来是投资者还是老百姓自己搞的。

这三种虫子他有空就钻，村庄内有空地的想建房，如果没有了，就琢磨面临搬迁的这些村里边，往地里边发展，地里干吗？地里就能种树，种树白天肯定种不了，就晚上种，所以我们还安排了夜班，以前开始考虑夜班危险，说实在的你在明处，他们在暗处，也确实遇到过一些困难，我们在值夜班过程中，他们这些树虫子搞几个车把我们的车给堵到那儿了，堵里边了。大多数车都没牌子，他不会弄牌子的。

他的树有那种特别大的银杏树，我们带了钩机去了，一去就把树切断了，他们就用各种车辆给我们堵住，不让我们进去，我们人多，把小车什么全抬走了，最后他们一看我们动真格的，说行，我们三天移走吧。好多都是自己移走了，也不让他损失，一棵树也一两千块钱呢，我们要全都切断了它，他们本就全赔了，这些人不干赔本买卖。这种情况很多，也有在执法过程中，这些人明着不敢，因为我们人多，每一次执法都好几百人，他对这些机械车辆的司机，像钩机的司机，还有铲车的司机，这些人就威胁他们，还用砖头砸他们的驾驶室。

最开始的时候这种人还真不少，在干的过程中也确实遇到了很多的危险，有人专门跟着我们车，知道哪个车是你的，经常跟你，还有打恐吓电话。打我的电话怎么着怎么着的，还有举报，跟上边纪委写信，我们野蛮执法、执法违法，等等，反正就是举报你个人什么事，也有举报我的，说公报私仇，我说我都不认识，存在什么公报私仇？

这些人主要的应该说还是北京人，因为在北京搬迁的过程中，他哪个地方都参与，搞这个路子都熟了，人家的信息很灵通，所以说在北京的周边，大多数主力是北京人。因为这些人很隐蔽，咱也不知道多少人，反正来了种树我们就拔，盖房子我们就拆。也不知道是多少虫，因为毕竟很隐蔽，他也不可能和我们直接接触。那些人经常给我打电话威胁我，我知道你在哪儿，你小心，我说你知道我是谁了，你敢告诉我你是谁吗？那时候只能来硬的。

王静（曾任榆垡镇宣传部部长）：新机场搬迁，这几条虫都没有占到利益。我们在确权的时候就要区分哪些是投机行为。我们这个村当时买卖的有十几户，比如老百姓家庭条件不好，然后他把这个院子切出一半来，后边是他盖的房了，户主写的他，老百姓的是写的老百姓自己。但是后来他没有得到回迁房，只是得到了他当时盖房的这些成本，比如他当时盖房投了十万二十万的，可能最后给他的就是十万二十万，他一分钱没赚到。

在确权的时候，比如说张三家房子，从东到西，从南到北那块是张三家的，然后他把他家后院那一块卖给别人了。我们这个村和其他村还不一样，其他村可能是，比如你是老百姓，我一次性给你五十万买了你这块地，我在你这儿盖房。我们这个村是宅基地划给我，我把你家住的房盖好了，我在你家后院再盖一排房是我的，如果遇到搬迁，咱俩五五分成，我们这个村里都是这种情况。

这些人都是在管控期间进来的，因为他在老百姓宅基地那儿盖的房，不是在农田里头，不是在大马路旁边抢盖的，所以你没法给人家拆，人家就是在宅基地里盖的。他就跟老百姓个人达成一致，说你们家条件不太好，盖不起房，那我在你家的大院里头盖。因为我们包的那个村宅基地特别大，有的可能一家一亩多的院子，或者有八九分的院子，他就自己把他的房盖好了，然后给村民的房也盖好了。所以我们在开始确权的时候，我们就让村里边说，哪一户是买卖的，哪一户是老百姓的，把买卖的都择出来了单弄，老百姓自己家盖的房，我们该签约签约，该确权确权，该怎么走怎么走，该选房选房。然后剩下的这些，就把这十几户买卖的就甩下了。一直到最后他们等了一年多，最后一分钱也没有多得，就是按照我们确权的时候，十几万或者二十几万就走了。

问：面对本镇本村的老百姓抢建抢栽怎么办？和对待“三条虫”有哪些政策上的区别？

管控办负责人：有的确实家庭困难，或者说家里边居住条件不行，你符合盖房政策，但是咱们地区从 2008 年开始就不再批宅基地了，以前还成批上报。但是毕竟你生活条件好了，人还是要改善居住环境的，再一个还是要让老百姓有房住，他有的儿子多的，符合条件的，但是不批了，不批了怎么办呢？你看现在孩子大了，要结婚成家，现在要没个院子没个房子，人家女方不结怎么着？这种情况村里边开村民代表会研究，研究完以后要上报，上报以后规划他们去看地儿，给你备个案，正常的请示领导以后，符合条件，地类又是宅基地，你跟别人没有争议，没有纠纷，按照条件应该享受一份宅基地的，村里边跟镇里边备案，不算违建，允许盖，就是一种默许，也没有正式的手续，去备个案而已。这种情况，村民也理解。因为是村里开完村民代表会，他们村集体研究决定的，按照规定，他家还就应该再有一份宅基地，只不过现在按照规定一般不再审批了。

杨彦光（曾任榆垡镇党委书记）：像一些违法建设，你起初盖的时候，我们发现就进行执法，实际上让他的成本降到最低。因为我们要走法律程序，比如说农民在空闲的宅基地上也不能建，因为这个叫抢占宅基地，人家每家每户是一所宅基地，你凭什么把村庄的空闲宅基地抢到手？打破一家一户宅基地这种格局，那就是对其他守法的人不公平了。这种情况下我们也是面临很大的挑战，如果按照过去的执法模式，先给这些人，按照城乡规划法的要求发停建通知书，停建通知书要经过 7 到 15 个工作日，之后发限拆通知书，还要经过几个工作日之后再发强制拆除通知书，走完最后一个程序，房子已经建成了。有可能这些人采取一些什么形式呢，迅速地不等装修，把旧家具，把一些老人搬进去住了。这个时候再强制拆除势必增加了干群矛盾，不但增加了执法成本，而且还有一些隐患，老人突发心脏病怎么办？可能有极端行为怎么办？可能会影响了未来，造成社会的负面影响，所以在这种情况下，我们走出自己独有的一条路子。

当时也是买了一些好的通讯设施，比如对讲机，一旦这组人在这个区域发现有人建了，我们通过对讲机的形式，叫其他组的人都去，马上阻止他建，甚至给他推倒了，墙刚建起来，连夜建起来的。我们从客观上，给这个家庭，给这个违法建设的人节约成本了，因为他要盖完以后成本大多了，刚一堵墙成本少，这种情况下所以不让他盖。所以说我们一旦发现违法行为，马上就制止，采取统一阻止，但是我们面临着他通过法律的形式告我们。这种情况下我们跟法律部门也沟通，我们找到法院，把现实存在的这种现象跟他们解释，如果走法律程序，他们一旦全建完了以后，会造成这样那样的损失，造成成本的增加。最后，他们起诉我们叫作程序违法，你程序违法了，你没按照合法的程序来处理这件事，最后法院判定是政府败诉，但结果是不予赔偿，因为他违法在先，我们违法在后。你没有取得合法对这块土地的手续，因为取得宅基地要通过村民代表的签字表决，要通过这一届政府的审批，获得准建证才能干。你违法在先我们违法在后，我们尽管不符合法律程序败诉了，但是也不予赔偿。我们找了这种路子，通过这种形式，把这种违法建设消灭在萌芽状态，既减少了这些人的成本，同时也避免了矛盾尖锐化。

问：在拆除老百姓建设的这种违建的过程中，是否也出现过很激烈的对抗？会不会有肢体冲突？

方勇（礼贤镇镇长）：我们会尽量避免肢体冲突，但是，一定要维护咱们这种政策的严肃性，该拆的或者该罚的我们一定会罚。前期肯定会每年都有两三桩肢体冲突，但是这个是必需的过程。记得我当年来的时候，老百姓还是不太理解，说我盖房子干吗你要管，这么多年一直坚持下来以后，老百姓也都认了，他们其实也就是要求一个公平。

你比方说大马坊村搬迁的头一年，就是搬迁村，我们通过巡查发现盖了一大片违房，有1400平米。我们当时控制了，也去现场看了，跟对方连续对峙了将近有二十天。我们劝他拆他就不拆，还到处托人。那是10月份左右，天到晚上就有点冷，他在外面雇人，我们是保安24小时看着，形成一种对峙。他为什么来人看着呢？他怕我们晚上去拆，其实我们一直在做他工作，那个时候方方面面引导他。他也到处托人，我原来的领导也好，朋友也好，也都打电话。我觉得也是人之常情，关键你怎么去说，怎么去坚持。最后工作没做通，就帮他拆了。

为什么要对峙？我们前期要做很多的工作，需要告知，需要取证，需要谈话等等，这手续很麻烦，这手续大概得十多天。所以说对峙也是双方的降温。拆完了，他肯定闹，折腾，可以理解。你说他不管就撤了，他可能也没面儿，我觉得最后折腾折腾吧，他也是给自己找个台阶。

管控办负责人：比如有一个人建了房子，其实那个地儿不是他们家的，原来那是一个菜棚，后来他想改为房子。他媳妇是那个村的，他的户口都不在本村，他就是想借机自己弄一套房，毕竟将来谁知道哪一天能够搬迁呢，好多人都有自己的小算盘。他就在那儿建，建了以后我们就去拆。结果那家伙特别野蛮，就拿一块板砖，照我们一个队员的后背“砰”一下，差点没砸倒，砸倒就完了。我们当时这些队员就把他控制住，他说是我带队野蛮执法、土匪执法。他有很多危险的举动，我们拆完走，他开车就撞我们，非常疯狂。后来我们走不让走，他媳妇就躺到车前面。然后紧接着他一帮人就到政府来，指着我鼻子骂，还有他家老头老太太，我说守着你父母，我给你点面子，你不要侮辱我的人格。我不想跟你说脏话，你好自为之，你干的什么事你自己知道。他也没跟我过多地说，最后他举报我，举报完以后，纪委找我写一个回复，我们毕竟干的是工作，不存在我跟你有什么恩怨。

还有一人家，路和房子之间有一个马路牙子，可能有一米多两米，他就把那儿又盖起来，和他的房子连接起来了，他想多占，严格意义上讲那是绿化带。后来我们去拆，他爬房顶去了，他说他要往下跳。我说你的命真不值钱，就这么几间破房就不要命了，他扭头就下来了，他一听也挺好笑，一想也是，就这几间房子我不要命了，最后他也走了。

有一次，在一个公职人员的家里边，这个人他弟弟盖的房子，盖在树林里。他的房子紧挨着树林，他往外扩了，领导给他定的是违法建设。后来我们集体执法的时候，他父母，还有他小孩全在房顶上坐着，我们就拆不了。那我们就搬着梯子把队员放上去，准备把人给弄下来，结果那个公职人员的弟弟用铁锨把我们队员当场就拍倒了。老头老太太孩子都不下来，不下来也不行，我们必须得拆，最后用铲车把老太太接下来，还是给他拆了。最后他们一看那么多人跟着围观，他们孩子毕竟也是在外边工作的人员，传出去也不好，最后还是下来了。再一个不光拆他们一家，大家都在拆，如果别人都拆了你没拆，反而对你家更不好了，最后他们也认可了。

执法过程中我们工作人员也有受伤的，比如说老百姓有的打你一下也没办法，有的特别是岁数大的老太太也不依不饶的，咱们不能动手，因为一动手，伤了更不好。

我们后来在执法的时候就特别注意。每一次执法我们都得先把外围封控好，先让人员围在外边，里边执行。所以说现在就不敢，如果有太多人在现场，或者说他们反应激烈，我们可以暂缓一下执法，过一段时间再处理，放人在那儿看着，别让他盖了，别让它再发展了，过一段时间看情形再通过村里做做工作再去，尽量减少这种冲突激化。

榆垡镇整治违法建设行为

执法的事就是得罪人的事，干的过程中非常难，遇到的事都是意想不到的。有的拆完了走不了，村里前后都是农用车，把你包围到中间了，就不让你走了。有的在一个村从早上 9 点一直到中午 12 点我们都出不来，你要出来人都拽你，把衣服撕的，那时候真是感觉挺狼狈的，真的你就不能和老百姓直接冲突。有的理解，有的不一定理解。咱们说是为了工作，但是他们认为你堵了他们的财路，有一个院到搬迁就是一笔钱，一笔可观的收入。

我们这儿执法还好，没有出现过任何太大的伤或者是特别暴力的，当事人也好，我们队员也好，基本上每次都是保证顺利完成。每次去执法之前，我们都是先踩点，先看好进出口，把车再停好，停好之后从哪儿下，谁在前边谁在后边，哪个车辆怎么进怎么出，都得有秩序，你要没个方案真不行。

问：管控期间会不会遇到人情请托的情况？碰到这种压力怎么处理？

杨彦光（曾任榆垡镇党委书记）：从机场有信息开始到我调离，找我的亲戚、朋友、同学甚至退休的老领导，提拔我的老领导都有。在这一点上我还是坚决的，因为别人可以我不可以，一个地区的一把手，如果你的最后一道防线你没控制好，那这个地区的工作就前功尽弃了。提拔我的老领导，他的亲戚找到我，知遇之恩，这种人情和我们整个党委、政府的中心工作发生对撞的时候，最后我跟老领导解释了，您既然提拔我，您是不是想让我干得出色，您想我有成绩，未来得到各级认可，老百姓的认可，领导的认可，工作战友的认可？如果这件事情我同意了，首先在我同事这儿没有办法交代，因为这样的事多了。当有人找到我们基层具体负责的同志，负责的同志抹不开面子，基层同志肯定跟他说你找找我们领导。再托到他领导的时候，他也可以去说，我拆你是因为工作需要，不是我主动拆你。都把矛盾上交，只要矛盾尖锐的时候都会汇聚到我，所以在这一点上我是下定决心，在这个问题上我是坚决不能退步，只要我退步了，这个就是未来的“典范”，人家都会按照这个事情效仿，我说话就不硬气了，所以这个问题上我是坚决不允许的。

过程当中，得罪亲戚、朋友、领导是肯定的。最让我们感觉到承担着压力，是一些社会上的渣子。他不但这边托人找你，那边他就想尽一切办法报复。比如有个人租了一个养殖小区。这个养殖小区，我们批准时就是这几排房子，他可能在养殖小区里面想大量地建房子，建完房子以后我们发现了给他拆，最后他心里边对我耿耿于怀，找无中生有的一些东西举报到各级纪委。但是各级纪委，市纪委、区纪委经过逐项地核查，根本是无中生有。我举一个例子，可能别人，其他人也遇到了各种各样的状况，但是我的态度是坚定的，所以大家也应该说统一思想，以大局为重，特别感谢当时我的同志们，这些战友们，大家齐心协力，不惧各种各样的困难。甚至有人嘱咐我说，让你的司机在开车的时候一定要注意有没有尾随的。邪不压正，我不怕，如果他们猖狂到这种地步，那还有没有王法了。但是在过程当中我们也提高警惕。在最终的结果方面，我认为基层同志发挥了敢于担当、敢于碰硬的精神，我们为新机场建设，为了国家的重大项目建设，敢于同这种现象作斗争，基层同志很辛苦，发挥基层干部的作用，最后我们也交上了满意的答卷。

最终我们的管控工作得到了市委、市政府主要领导的认可，当时区委、区政府主要领导向市委、市政府汇报的时候，就说这个机场重大项目落户在大兴，我们地区没有一起违法建设，没有一例抢盖抢种，没有土地出租。当时市主要领导是怀着一种不信任，认为我们区委、区政府的领导，对这件事说得有点夸张，在这种情况下来我们的机场管控区检查的。看完以后，让他们很震惊，这个地区老百姓该从事生产的从事生产，该生活的生活。最后市主要领导到这儿来看以后也很感慨，对我们工作也很认可，当时时任的郭书记，最后都上了车了，然后又走下车，亲自握了我的手说，谢谢你们基层党组织，谢谢你们的同志们，转告我对大家的问候，市委、市政府谢谢他们。当时我就特别激动，得到了市里边领导的认可，我说我们的管控工作虽然过程当中我们受了委屈，但是在这个问题上我们坚定，工作敢于担当，在结果上我们控制局面，得到了市委、市政府的认可，我们感觉很欣慰。

刘志刚（榆垡镇党委书记）：当时有一些以前的朋友打电话给我，说谁家谁家能不能照顾照顾。我知道这种情况之后，当然这个“照顾”我是打引号的，为什么呢？如果是违反原则的，如果是突破政策的，坚决照顾不了。如果是在政策允许范围之内的，我会尽全力争取，不管跟没跟我打招呼，凡是我直接接触的搬迁户搬迁村，我都会把政策用足。因为我们这个角色很微妙，既是替国家做征地搬迁这个活，同时拆的又是我们自己的村，所以说我们一手托两家，既不能让国家的钱多花，同时也不能让百姓的钱少得，这就是一个辩证的关系。打电话给我的时候，特别是有一些领导或者同事给我打电话也有，我基本就说这事能办的肯定给人办，办不了的也跟人家把事情说清楚，这些事突破政策。

得没得罪那是他的事，我不知道我得没得罪他，但是我可以这么说，我没得罪榆垡的人民，榆垡的村民，特别是搬迁村的村民。现在每一户村民到我这儿，我都可以坦然去面对，有个别的百姓当时搬迁也不断地去指挥部找杨书记，找我，找相关的领导去反映自家的情况。凡是我直接接触的，我都会到实地去看。现在很多百姓找我，反映自己家哪块地应该算，哪块地怎么怎么着，反映自己家的地，某些时候，甚至是很多时候，你去现场看完之后，他就会哑口无言，他就不再找你了，就不说他的了。

问：村里的干部会不会比镇上的干部人情压力更大一点？会不会在控制违建这方面发挥不了他们应该有的作用？有没有这种情况？

方勇（礼贤镇镇长）：那肯定会有制度上的约束。比方说我们对农村的基层干部，肯定会让他有一些纪律上的约束，你违反这个，咱们纪检肯定会要进行处理。另外，还会要求他签承诺书，等等，这些架构都会有。咱们的村干部，首先自己不能带头去抢栽抢种或者抢建。另外，你不能去纵容或者说默许他们去参与这些抢栽抢种和抢建，这些都是不允许的，一旦发现以后，我们会采取相应的制动方式。会约谈，包括和他的绩效、工资都要挂钩，这样强力地约束他们。

管控办负责人：最开始组建巡逻队的时候是榆垡本地为主，后来逐渐逐渐淘汰，淘汰了之后还留了十来个人，这些人都是小组长，这些人还都是经过考验的，还都是相当不错的。因为在这个过程中，本地人说白了，他都是沾亲带故的，说情的比较多，再一个又是自己的七大姑八大姨的，他再网开一面，真就起不了管控的作用了。

现在都是搭配的，有保安有当地的，互相监督，如果全是保安，保安给你弄个事，他跑了，你怎么弄？我们巡逻队就有个队员，他有个银行卡透支了，透支了他赶紧就想补上，不补上信用度就不好了。有一个村要建一个院子，要圈一块地养羊养牛，那块地不允许弄，他就给事主留了个电话，他说你给我电话我给你办，然后路上就给他发短信，说你给我打两千块钱，我给你办成了。车还没回到单位，我就接到信息了，这个人回来，我说行了，明天别上班了。其实他办不了，他是想弄两千块钱赶紧地补窟窿。咱们跟保安公司签订的合同，有的保安流动性很大，有的可能干几天就走了，所以说没准儿他第二天不来了。

小组长都是当地的，为什么呢？我们当时考虑，当地的人不敢搞这些乌七八糟的东西。他收了人家的钱，拿了人家的东西，他要给人家办不了事，他跑不了，跑了和尚跑不了庙，你是本地的，这些人不敢。所以说互相监督。

刘志刚（榆垡镇党委书记）：农村集体经济人人都想壮大，但是涉及自己要为集体做贡献的时候，每个人可能在这个时候，意志上就不一定能够那么坚定。这也是我们镇党委、政府在一点一点破的题，就是能不能让集体的主人去维护集体利益，现在更多的都是镇党委、政府在镇一级层面想着集体的事。我们还是要一点一点地慢慢地调动起村民的主人翁的意识，让他实实在在看到集体经济壮大之后，给他个人，给他家庭会带去什么好处。

举个例子，我们有一个村，村里原先有一个空闲地，一直在那儿闲置着，村里有个别的人就打这块地的主意，通过村委会走相关的程序，把这块地以某种方式自己先承包过来，承包完之后在里面种树建房。但是区里面现在已经明文规定，这种操作方式坚决不允许，不允许把村里一分的土地再承包给个人，这都是村集体的。我们发现得比较滞后，他已经种上树了。当时的想法，坚决把它清理出去。但是还是有一定难度，最后想一个折中的招，毕竟他自己也心虚，认为自己拿那块地不是那么正大光明的，我们也抓住这个特点。这样的话，镇里出一部分钱。什么钱呢？比如说一棵树正常市场价可能是10块钱，到征地搬迁补偿的时候有可能就要补偿到20块钱。这样的话，它这棵树就值10块钱，我们镇就给他10块钱，把所有的地上物折合成这个价，不让这个主亏掉。相当于我们镇把本给他，让他人走，然后把所有的资产化为村集体资产。

这也是我们平时应该做的。村里有一些空闲地，我们就及时给它种上树，这也叫以绿控违，空地你好占，如果上面长着树，你恐怕就占不了。正常情况下，如果村里事先说我要在这个地方建一个公园，镇上也会大力支持这个事，反正都是要建一个公园，现在就是由他去建，我再通过有偿购买的方式，然后把这个资产归到村里，以后再遇到征地搬迁，那么这个地方的补偿就完全归到村集体了，受益的是全村的百姓。

第三节　顾全大局

土地管控过程中，管控区停止了批复各种建设项目，制约了基建投入和招商引资。这在全国大搞小城镇建设，北京市提出城南发展计划的几年内，榆垡、礼贤两镇错过了最好的发展时机，经济出现了一定程度的倒退。在这个特殊时期，他们走出一条适合自身发展的探索之路，建设规模农业，直送特种蔬菜，进行职业培训，鼓励村民到城区就业，最大程度地降低了管控期间人民群众的经济损失。

问：机场搬迁前，管控时间长达八年之久，这种土地管控有没有对经济发展或者老百姓的生活造成困扰？

邵恒（曾兼任北京新机场建设大兴区筹备办主任）：从2008年开始，我们这两个镇的区域，一切新的基本建设项目都停批了。新的项目不批了，应该说在大兴发展的最好的时期，其他镇都在热火朝天地发展，都在引进好的产业项目，甚至于搞一些房产项目，城镇化呀，咱这两个镇全都停止审批，应该说为这个机场选址也是做出了巨大的牺牲。

因为那个时候，正好是北京第一轮第二轮的城南行动计划这么一个周期，大家都在争取基础设施的投资。为这个地区的发展，比如说我们有几条非常迫切需要升级改造的路，当时我跟相关的部门到市里的规划委、交通委相关的部门去争取，但是那时候北京市说了，这个地区因为机场这件事，所以这些项目都暂停，我们也是很着急。那我们做的工作就是，规划部门协助市里的相关的部门，把这个地区的，按照机场落地以后重新布局的交通基础设施规划来进行先期的一些研究，积极地参与，这是规划部门。

我在政府工作的时候，跟两个镇的领导接触很多，区委、区政府也明确了，你们把两个镇这个区域管控好，现在所有项目都停了，都不批了，现在的不发展，表面上的停滞实际上是为了更好更快地发展，把这个地区管控好，就是对机场，对大兴，对北京市最大的贡献，要树立这种理念。开始肯定干部会有一些想法，他也有发展的压力嘛，特别是下边基层干部，村里的干部也有一些想不通的地方，咱们通过大量的思想工作，讲建设机场的意义，讲临空经济对这个地区发展带来的意义，给大家描绘这种美好的愿景，所以慢慢地由想不通到想通，由被动变成主动的自觉的这种管控，也是有这么一个过程。

杜志勇（曾任礼贤镇党委书记）： 当时礼贤的社会主要矛盾应该说就是老百姓的这种盼望经济快速发展，能过上幸福生活的迫切需求，与限控之间形成了一种主要的矛盾。我个人理解限控应该是两方面，一方面对于违法违章建设打击、消除、整治。同时站在礼贤的角度来讲，这个限控就是限制控制礼贤自己的发展。因为只要一实施限控之后，这么多年礼贤除了维持正常的运转之外，一些大的项目的支撑，政策性的支撑，项目的注册落地都停掉了。有几笔账，不管是基础设施的投入，还有项目的建设，还有一些发展政策的支持，在礼贤全部都没有了。特别是正好这几年是全市搞新农村建设，正处于农村地区发展的黄金时段，比如说“三起来”，亮起来、暖起来、循环起来，还有五项基础工作等，到礼贤什么都没有。这个时候就等于说限控工作一方面是限制了违法违章，打击违法违章建设，另一方面捆住了绑住了礼贤经济的发展，使礼贤整体经济发展处于停滞状态。从 2009 年到 2014 年这几年，基本上礼贤的经济发展停了，一个地区停滞发展，谁做出的贡献与奉献牺牲最大呢？就是老百姓了。

方勇（礼贤镇镇长）： 赶上乡镇蓬勃发展的时候，我们礼贤又涉及由于机场项目的影响，要进行土地管控，也不让你发展，其实很多企业，尤其是到 2010 年左右，或者是 2010 年以后很多企业想落户，但是也不让发展。不让发展的话，企业进不来你就没有税收，你没有税收的话，就形成不了财政收入，你形成不了财政收入，咱们就不可能拿出更多的钱去反哺民生。

问：长期的管控可能对这个地区的经济发展有一定影响，对于管控区的老百姓而言，提高生活质量也是一个很现实的问题，镇政府、区政府有没有一些措施，在严格落实管控政策的同时，能够让老百姓的生活有所保障？

杜志勇（曾任礼贤镇党委书记）：解决这个问题应该说也是分阶段的。在机场红线区域范围线内全面管控这个一直到现在都是不变的，但是经济发展的方向要调整。过去在红线未划定的时候全镇范围之内都还是以农业生产为主，我们在农业生产这块加大调整的方向，比如说我们有基本工程，发展什么？蔬菜工程，以前有蔬菜，是北京南菜园，发展农业种蔬菜是有基础的，而且也形成一些特色。我们在这块做足一些文章，比如让礼贤的蔬菜进入城区，进入社区，进入村庄，进入工厂，进入企业，进入学校。像现在亦庄经济技术开发区就有礼贤的蔬菜供应点。像大兴有几个街道，礼贤的蔬菜已经进入社区。同时积极地把农村的这种蔬菜送进大单位、大企业，比如我们有一个村叫田营，他直接跟北京市公安局对接，北京市公安局的食堂需要的蔬菜基本上都是从我们田营出的。你需要多少，我这如果没有再给你采集配送。基本礼贤蔬菜走出礼贤进入大兴，进入市区，这是走农业合作社，用这种方式来带动老百姓的发展。

第二个方向就是大力开展土地流转。老百姓手里的土地一方面是为了家庭种植，另一方面也是给老百姓实际增收。为什么这么讲呢？老百姓一家一户生产的方式抵御市场风险的能力很弱，北京当地的菜农生产种植的蔬菜卖不过山东寿光的，为什么卖不过呢？人家一种一千亩，从成本上就下来了，本地的菜农就是十亩，一亩两亩地。他生产的跟人家规模化的生产差距很大，所以不足以抵御这种经济发展的市场竞争。我们就是尝试走农业规模化供应这种方法，然后让老百姓手里的地进行土地流转，然后咱们搞一些集体的大规模的种植养殖。你比如说种植油葵，从2016年已经形成礼贤一景，整个向日葵成熟的时候一片花海，真是既有观赏价值又有经济价值。同时还是要发展高端的农业项目，还搞一些造林，通过这几种方式基本要实行的是一区一景，一村一特色。有的村庄基础好，土地的土质很好，适合种菜，就搞大规模的养殖、种植，还有一些专业的配送，比如小刘各庄，这个村就是主要生产生菜，供应呷哺呷哺、麦当劳什么的，就是等于一个蔬菜的供应商，主要就是生菜。

不投入的前提下，主要是调整农业生产的结构和方式，然后促进老百姓在一产方面能够实现快速增收。过去说种麦子，一年种植老玉米和小麦，只能两茬，平均下来一亩地麦子和玉米基本上是1块钱上下，两三块钱收入，但是如果说搞蔬菜种植，搞生菜也好，种西红柿也好，收入更高。北京比较有名的种植番茄的，礼贤是一个景儿。我们种植茄子这种农业大户，以农业合作社的方式来带动周边老百姓。过去他是专门种茄子，然后从种茄子发展成什么呢，不种茄子，专门种秧苗，把这秧苗再卖给大家，发展这种籽种农业。这种方式也是经济发展中农业方式的一种转型。

更主要的是鼓励礼贤人走出礼贤，进入城区，进入市区。礼贤人走出去了，礼贤的产品走出去了，就能带来好的经济效益和经济收入。同时对于礼贤人的思想、观念，走出礼贤之后看礼贤，这种思想观念也在发生着根本性的转折和变化。一手抓限控一手抓发展，但是我们这个抓的发展应该叫作在夹缝当中寻求发展。

礼贤的就业，我们很早以前就提出一口号，叫“实现礼贤就业走出去，走出礼贤实现就业”。主要的方向亦庄是一个，城区是一个。因为礼贤本地本土没有这种消化富余劳动力的能力，实现不了他的再转变，如果将来新城发展起来之后，发展农村经济，经济园区都建成之后，咱们才有可能实现礼贤本土就业。有一个统计，是两年前的一个结果吧，当时礼贤适龄劳动力应该是 16000 人。这 16000 人经过几年不断的努力，解决劳动力就业应该达到 11000 人左右。劳动力就业的方向是在亦庄，比如亦庄几大实体工厂，比如奔驰，还有其他的企业，还有黄村地区的中环。还有一个方向是咱们的基地，这都是区里面支持，然后咱们镇里面经常性地开展就业培训，是点与点的对接，不像有的大学毕业生毕业即失业，咱们这培训完了毕业即上岗，是定点培训。比如跟中环签订劳务合同，你需要多少人，我提前给你培训多少，培训完了之后马上上岗，跟企业直接对接，点对点。同时也鼓励礼贤老百姓自己走出礼贤。第一个，培训方面是免费的，不出钱的。第二块就是在出勤交通方面加大投入，争取村村通公交。我住西城，从礼贤就有专门到西城，到复兴门的车，这样点对点长线的远途公交车辆，同时还有公交专线，从礼贤到亦庄，到亦庄经济开发区，相当于给礼贤在亦庄就业的人提供方便。是镇上投入的班车，开通这个，鼓励老百姓走出礼贤，出外就业。同时鼓励他走出礼贤实现就业的时候还有一句话是，练好本事，争取将来回礼贤。

问：机场搬迁的红线确定下来之后，搬迁村的村民肯定是得到补偿了，那对于其他村镇呢？被管控了很长时间，发展受到限制了，也没赶上搬迁，那有什么补偿措施吗？

刘志刚（榆垡镇党委书记）：大兴区北边的几个镇，它的城市化进程比较快，跟它们相比，我们这边村里的收入可能是差一大截，但是就榆垡本镇来说，基本是持平的。在基本持平的基础上，东部是机场搬迁区，或者是机场搬迁重点规划区域，跟机场搬迁之后的西部村庄保留村相比，经济上还是有一定限制的，特别是机场管控之后。

礼贤镇干部为村民解答搬迁政策（一）

礼贤镇干部为村民解答搬迁政策（二）

我曾经调取过我们经管站的相关数据，平均每年东部地区的年人均收入跟西部相比要差 5 个百分点，每年都会低 5 个百分点。这样的话，区委、区政府调研到这种情况之后，对机场周边村也有一个反哺的过程。

许玉增（曾任北京新机场建设大兴区筹备办副主任）：从选址确定到新机场开工建设，这么长的时间里，你不让我发展，不让我搞一些建设，这方面的不满和矛盾也是有的。我们要让大家来共享未来机场发展的成果。比方说涉及管控过程当中对街坊路，对农村的环境，还有农村的这些基础设施，我们欠缺的，那么规划稳定之后，区里边定了三年行动计划，拿出资金支持和完善那些周边的基础设施的建设，包括环境的建设，提高群众的生活的质量，也是对这八年管控，对我们周边群众的一个弥补。

第四章 征地搬迁

在进行城市建设的时候，经常需要征地来进行重新规划建设，新机场建设也如此，征地搬迁是一个非常敏感的问题，虽然政府已做好了征地搬迁的各项工作，但可以预见的是，征地搬迁是一项重中之重的工作，责任重大。

新机场的建设用地主要是以农村土地为主，这就涉及对农村土地的征收，即由法定的主体依照法定程序，将农民集体所有的土地转变为国家所有，并依法对丧失土地所有权、使用权的单位和个人给予补偿。

新机场落户大兴礼贤、榆垡等地区，既为当地发展带来前所未有的机遇，也向党员干部提出了重大挑战。搬迁工作是一项与百姓切身利益直接相关的工作，也是一项难度、强度、力度非常大的工作，情况复杂，群众利益诉求多样，需要制定一系列政策，包括征地补偿标准、农业人员安置办法和办理征地补偿的期限等，涉及面广，影响面大，如何才能平稳、迅速地完成工作？大兴区政府从实施土地管控之时，就进行前期调研工作，特别是2012年以后，进入实质性的政策研究阶段。自上而下、自下而上，充分征求意见，把工作地点搬到田间、地头、炕头，和群众面对面，答疑解惑、收集诉求需求、化解各种矛盾，不让老实人吃亏，实施跟踪审计，坚持阳光操作，维护群众合法权益。经过干群们的共同努力，2016年，大兴区利用42天完成了拆迁安置，13个自然村顺利搬迁，保障了机场4万多亩土地的使用，此间没有发生一起上访事件，没有一户滞留户。他们在搬迁过程中，也搬出了感情，搬出了和谐，搬出了希望。

第一节 搬前准备

随着北京新机场、临空经济区建设的全面推进，紧邻新机场的诸多区域被列入征地拆迁范围。大兴区利用科技手段，通过航拍影像，全面记录镇域住宅、非宅、地上物现状，建立了历史参照档案；制定相关搬迁政策及应对措施，明晰整个征地搬迁工作流程，并向村民进行宣传，为其解读。特别是在迁坟过程中，本着人文关怀，让村民切实感受到个人利益得到保障，政策体现出人性化，为之后顺利搬迁做好了铺垫。

问：在一期搬迁的范围正式公布之前，已经有很多关于搬迁的传闻了，当时村民们有什么反应？对于搬迁是持支持的态度还是有一些其他的顾忌？

张月学（曾任礼贤镇大马坊村党支部书记）：应该是2008年。北京奥运会那一年听说了，那会儿我是北京的城市志愿者，服务于奥组委，在奥组委运输部做驾驶员志愿者。家里人传来消息，说有可能搬迁。听说之后还没拿这事当事，因为我外边工作很稳定，工作不错，时间也自由，收入还可以。我是抱这种心态的，非常平和。

到 2015 年之前，我们这已经进行了长达八年的管控限控，随着这种管控限控的深入，乡亲们就有各种来源的消息、各样揣测，说有可能有大的动作，说有可能有大的项目落在咱们这个地区。到 2014 年已经明朗了，已经确定了。因为之前有很多勘探，村庄里又配合勘探部门进行一些前期的地表、地层的勘探这些工作，开始深入到各个领域了。那就非常明朗了，已经确定下来了。

搬迁村村民观看拆迁公告

杨秀芝（榆垡镇北化各庄村村民）：瞎传的时候早，得有十年左右，我觉得 2007 年就有一点，人有点说这说那，但是谁也不知道到底怎么着。我们家桃树地离村子不远，春天的时候开来两个轿子车，站在村南马路旁边，就上我们地那还弄着那旗子，好些专家上那看地。那应该是2012年、2013年。我们在给桃树施肥、浇地，还不让周围的老百姓上跟前去。我和我老公俩人在那听着，说机场占哪占哪，说我们家树地那是一条跑道。

那阵都是谣言，也没有确定的消息，就觉得拆了不用下地干活了，就想到这个，别的还真没敢想太多。现在拆了之后确实好处是不少。说实话，当然还是希望拆。之前也有小道消息，具体也没有准日子。我们离书记家住的都挺近，没事跟书记一问，书记说别净造谣，要踏踏实实干活。到时候该拆的时候就拆了，不该拆造谣也没用。2015年头清明节的时候，让迁坟，迁完坟之后，不是4月底就是5月初那阵就贴公告了。

王浩（礼贤镇大马坊村村民）：当时它是一种传闻，因为谁也没有确定就是这个地方。说真的，因为前几年间只是管控。咱们管控起来是为争取机场落在你这创造一个比较好的环境，当时谁也没有说准拆你这个地方。尤其礼贤和榆垡镇拆的那块原来也算是相对经济落后的，南各庄、礼贤这地儿都是比较落后的地区。当时老百姓不会想到机场会落在这，因为他毕竟不是内部的人，普通老百姓怎么能够料到机场会落在礼贤这个中轴线的最南端呢？

当时说拆到我们村了，就感到很高兴。每一个人都在想着搬迁，不是拒绝搬迁，这是肯定的，任何一个人都是这样。因为都听说过，实质你拆了是彻底地改变了你生活的状况，不是说从比较高的生活水平拉低了，而是从低的水平提高了，这是肯定的。任何一个人肯定从内心的长远利益来讲都是愿意的，包括我们这一代，孩子下一代就更不用说了，他搬迁的心情比我们还要急切。老年人，比我们大一点的，像六七十岁七八十岁的，他从内心里头也是希望向更好的生活标准去。但他内心的感触是什么，就是我要离开这个世界之前，我愿意落叶归根，在我老家里面能够完整走完我这一生，这是他的心理。但从他的生活状态来讲他一定想的还是希望搬迁。首先来讲过去老百姓有一句话，电灯电话、楼上楼下。当时我们小学学的铁牛满地跑，太阳为我们生火煮饭现在都是现实了，都变成现实了，而这个现实老人们看到了，肯定他那个时代是赶不上这时代了。他心里是清楚的，他留恋的只是他这种生活的方式，天天走走，串个门，聊个天，在村里大街上溜达一下，碰见这些老伙伴们，同辈的人聊聊天，说说话，唠唠嗑，甚至于到谁家炕头上坐一会儿去。他这种心情肯定是不一样的，百人百姓，一百人有一百个想法，但是总的想法都是希望生活更提高一步。

现在农村也好城市也好，到黄村地区也好，有一种搬迁村的人，从说话上，不管搬迁的时候怎么想的，离开怎么难受，离开老家怎么留恋他的家乡，留恋这几间房，留恋他这个地，但是他在外边说话的时候，不知道你们体会到没有，他心里有一种溢于言表的那种骄傲，我是搬迁村的人，换句话说我是有钱人，是吧？

问：听说开始搬迁之前，还涉及要迁坟。从传统文化来讲，入土为安，可以想见要迁祖坟肯定是会遇到很多阻力，这个说服工作是怎么做的？主要是由镇干部还是由村干部出面来做群众的工作？

任喜军（礼贤镇党委书记）：大伙儿看到的迁坟顺顺当当，实际一点都不顺当，因为在农村来说，说句俗一点的话，你要刨他祖坟了，谁家都不乐意，而且农村讲究又多，风俗也多。当时我们就定了，如果迁坟迁得好，对搬迁肯定能有促进作用，如果迁坟都迁不好，那搬迁肯定是会遇到更多的问题，所以说在迁坟的问题上我们采取了三步走：

第一步，我们要确定数量，有多少坟头，确定完了之后，还要在村委会认可，进行公示，因为我们不排除有一部分人，极少一部分人要利用迁坟骗取国家补偿。假如说这个村一共有200个坟头，你如果不登记，不公示，不让老百姓了解到，那明天早晨可能就又多出200个来，所以说第一个，我们要把数量登记好，而且要面对老百姓进行公示，让老百姓来确认。

第二个，要把老百姓想的都落实到迁坟的细节当中去，为老百姓着想。比如说我们这儿有个风俗。迁走一个坟，这个坟就空了，那怎么办？有风俗，我们就用萝卜，每家每户我们村委会负责给买了。“一个萝卜一个坑”这句俗语怎么来的？那就是把这个坟挖出来之后要放一个萝卜，这就叫“一个萝卜一个坑”。但是有一些特别久远的，那怎么办？他们过去不管什么原因没有火化，好多年前了，但是你挖出来之后，迁坟迁不了，为什么？骨灰盒才多大，骨头放不进去，那我们镇政府出面与殡仪馆火葬场联系，我们派专人每家每户按时间去进行火化，然后烧成骨灰之后再进行迁坟。同时我们在这方面还想到了，必须把你的闺女儿子叫齐了一并迁坟，为他们着想，而且我们全程负责，就为老百姓。比如说我们这边都是上午迁坟，那我们就上午，准备了伞，准备了专用的车辆，准备了红绸子，准备了萝卜，等等，把老百姓没有想到的，我们按照风俗都想到了，每家每户是一样的。这是第二块，为老百姓着想。

第三步，我们为了老百姓专门在平原造林的绿化空闲地上，打造了新墓园。过去全是村子周边有一些坟头，那么这次集中，镇级的墓地进行统一管理，永久免费使用。

通过这三个工作一做，老百姓也非常认可，但是这里边也有一些问题。有一些人就提出来了，你刨了我的祖坟，我们家风水就断了，实际这些都要靠思想工作去做，不能用行政的命令。我们就说，一要从大局出发，国家把重点项目新机场落地在礼贤了，您不迁，您对得起先人吗？最后天天在机场的跑道这儿嗡嗡嗡一响，人家都迁走了，您不迁？都是老邻居了，都迁到一块去，我们每年的清明节或者是纪念日给上上坟，那有名字什么的，你们更好地能够缅怀先人。过去我们只是坟头，我们下一代人他都记不了他太爷爷埋在哪儿。所以我们经过反复工作，得到老百姓的谅解和支持，也打消了一些过去所遗留的封建思想。什么风水，就得靠个人努力，我们过去的先人也是盼着我们的生活越来越好，也是盼着我们家庭越来越和睦，也是盼着我们这一代，乃至下一代的子女越来越有出息，去讲这些。

通过迁坟还得促进家庭的和睦，还得促进我们文化的传承，不能搞一些封建迷信，我们在这上面专门有一条纪律，不允许以迁坟名义铺张浪费、大吃大喝，而且我们还有这个要求，约定俗成。所以说通过前前后后十几天，两个礼拜含周六周日，顺顺利利地把坟迁到了我们集体公墓上。

老百姓的思想工作，镇上、村里的干部都出面来做。为什么？村干部做工作，有时候他都是家族或者都是一个姓氏，或者是在村里都这么多年了，在有一些比较特殊或者尖锐的问题上，他也碍于情面，特别在迁坟问题上，他不好去解释。农村还有一个老乡亲的辈分问题，都是亲戚，他没法解释。那我们镇里迁坟领导小组、迁坟办公室以及我们的领导干部，包村干部，乃至杜书记都要下到村里去，老百姓有什么问题，我们都可以回答，老百姓有什么想法都可以跟我们来进行沟通，跟我们进行解释。比如说我们迁坟就迁到活着这代人的爷爷辈，老百姓就提出来了为什么要这么定？当时我们解释，你说要迁到几代？比如说我，我也是大兴土生土长的，我能记着我爷爷叫什么，我太爷爷叫什么我都不知道，而且坟头都找不着了，你不能一直往前捯，不是我们不讲理。比如有一个村有一个家族说我们这儿确实有一个祖坟，那我们具体问题具体分析，特殊问题特殊对待。

如果一个迁坟又迁出来很多突破政策的事，对搬迁没好处。老百姓会觉得，这个事能商量，那个事能凑合，我认为政策定了都得依据政策，特殊的问题可以特殊对待，但是不允许突破一些铁的政策，触碰红线。所以说也是结合我们当地农村的一些风俗，把迁坟做到了。最后的结果还是好的，老百姓还是认可这个方面工作的。

张月学（曾任礼贤镇大马坊村党支部书记）：2015 年 3 月初到 3 月底进行了 264 座坟头的迁移。那更难，比搬迁还难。因为动那之后很多人说了，把这村的风水都给破了，到时候村里谁家出现什么问题，出现这种恶性的人身伤亡事故的话，那就是说不清道不明的事。一个村庄，几百人的村庄整体地把祖坟都给动了，那个工作也特别难做。

迁坟我也是第一个。我们之前也是得益于这种网格化的管理，那会儿我就不用村干部了，也不用党员了，不考虑身份了，因为农村每个村都有那么几个中心人物，不管是男同志还是女同志，每个村都有那么几个人。就是谁家有红白喜事了，管事，管一家经济账，请乡亲们帮忙，还有账房先生，管收份子钱，每个村都有那么几个人。有那么十个八个人，我把这些人都集中起来给他们开会，给他们讲这事。

首先说这搬迁是个好事，搬迁搬迁一步登天，咱们就告别了世代面朝黄土背朝天的生活，咱们要过上城里人一样的好生活，说心里话，有不愿意拆的？有愿意住这小平房小院的吗？没有，一个没有。可能说现在城里一说我想追求那种田园文化生活，那是烧包。扔你到那《甲方乙方》山西窑洞里来俩月，连耗子都吃了，不是那概念。这边过去叫南八乡，跟北五镇比起来，咱们从经济基础，从村干部的眼界，还有从村民们这种觉悟，完全是两回事，两种感觉。所以，从这个角度上真的就是站在老百姓家里面，坐炕头上给他算经济账，就是帮他过日子。怎么叫利益最大化，搬迁的时候、迁坟的时候也是这样做的。

最开始迁坟的时候我们镇里的相关领导也没有经验，过去农村有一句老话叫“穷改门，富扒坟”。咱们看老电影，香港那些僵尸片，有钱人才给祖坟看看风水找块风水宝地。我说咱们大家将来都是有钱人了，都是百万富翁了，穷的人才找风水先生看看，改改门，富才挖坟。264座坟头这里面每家每户关系都有，这里面有埋了二十年、三十年甚至四五十年的老坟头，清明节添坟头都一人多高的坟头。我说这些去世的老人，你别说让他坐汽车，见都没见过马路上跑汽车。我们雇的金杯、奔驰那个小面包车，我说这帮老人都坐上汽车了，过去别说坐，见都没见过。

那时候出现过各种各样的突发情况，这些情况现在咱们杜区长都一清二楚，每个环节都在一起开会汇报。比方说一夜之间就出现了十几个土包，这就是坟头，因为迁一个坟要给 5000 块钱补偿，然后所有的这些费用都是政府掏，老百姓一分钱不用掏，就白给你 5000 块钱。那么代表会上，我说咱们千万可别干这事，虽然我是共产党员，我是彻底的唯物主义者，不信这些东西，但是村里老人有的人深信这些东西，这事你要干出来，这个钱好赚不好花，将来家里面出点什么问题都得往这上面想。再有你弄一假坟包为了 5000 块钱补偿，还得起一假名字，还得迁到公用墓地上，将来你百年以后，子女管他不管他？给他烧不烧香，送不送钱？你这心里不干净，你有多得这 5000 块钱的想法是好事，那会儿 3 月份的时候还不知道 5 月份搬迁政策是什么样，我说到时候真正拆房子占地的时候那 10 公分 20 公分就不只是 5000 块钱的事了，那时候咱们再利益最大化。这个 5000 块钱一个，这钱不好花。我也吓唬他们。

那时候迁坟政策非常好，礼贤这边也是从我们村开始，开了一好头。我从礼贤大集上买了四五百斤大青皮萝卜，还买了两匹红布，免费给老百姓使的红布。“一个萝卜一个坑”听说过吧，这个尸骨迁走就剩一坑，扔里一个萝卜。买四五百斤大萝卜，红布是包骨灰盒用的，一平米见方一平米宽，谁家用几个，三个四个撕给你几块红布，大队给钱。农村老太太还有一说是什么，捏一捏茶叶拿一白纸包上之后也扔坑里面，那谐音，就检查检查。茶叶，检查检查，看看别忘了一条腿忘条胳膊。

最后，我们是 2015 年的 4 月 5 号当天上午清零，一个坟头都没了，我买的四五百斤大萝卜正好发完，也没有什么富余，特别好。而且没出现过一起，因为那会儿村里村外面包车停得都满了，村里面，家家户户都有车，没出现过一起剐蹭追尾的事，甚至车胎漏气的事都没有，全村人都平平安安地把迁坟工作做完了。

问：在榆垡、礼贤两镇进行严格管控期间，区政府层面也做了很多的前期研究工作，包括搬迁政策的制定，这次新机场搬迁政策制定的依据主要有哪些？前期都做了哪些研究工作？

邵恒（曾兼任北京新机场建设大兴区筹备办主任）：我们实际上从 2008、2009 年的管控开始，就一边做管控工作，一边研究搬迁政策，做一些基础性的研究和调研。特别是 2012 年选址确定以后，我们就开始进入实质性的政策研究阶段。自上而下、自下而上，这个政策充分地征求了基层干部的意见，因为搬迁政策是非常敏感的一个问题。大兴实际上在建这个机场之前，这十来年，从 2006、2007 年开始这段时间，我们土地的一级开发、城镇化的快速推进，整建制地拆了一百多个村，所以也积累了一些经验。我们的搬迁政策，就是一脉相承，保持政策的连续性，不因为是国家重点工程就给的钱多，也不能因为是区里的自己的事就给的钱少，政策要保持一致性、连续性，它才不会说按下葫芦起了瓢。说咱们这个工程项目重要，我们就多给钱拆得快，那么其他项目怎么办？所以这个政策要充分地考虑在这之前我们拆这一百多个村，这几十个项目，我们的政策是怎么来的，以这些政策为基础，再结合机场这个地区它的特点。

这个地区的特点是什么呢？这个地区相对于大兴来说是最南部的乡镇，是经济发展相对落后的地区，纯粹的两个农业镇，也不是城乡接合部，更不是城市化地区，所以它这个地区村庄比较散，农民的宅基地比较大，院子比较大。它管理得又不是很规范，怎么办？我们就要考虑到人口的结构，家庭人口的这种因素，宅基地的历史形成以及我们依法审批的这些因素，都要叠加在一起考虑，这样你才能拆得动，而且还要保持政策的连续性，不能说因为是机场，这个政策就跟原来的比就好太多。那前面的那些农民也被搬迁的，他就不平衡了。

研究政策，我们就开了不下几十个大大小小的论证的研究的这种会议，书记、区长都亲自参与，跟着一起研究。涉及的部门就多了，建委是搬迁的主管部门，包括机场办、国土、规划等等，特别是两个镇（榆垡、礼贤）。我们在研究政策的时候总是叫着两个镇一块参与这个政策，先听听镇干部的意见，然后一些疑难的问题，让镇里头拿回去再征求一部分村干部的意见。不能闭门造车，咱们自己研究得很好，等政策跟老百姓一见面根本就不行，农民不接受，那不也白弄吗。

比如说分户的问题。因为农村很复杂，农村的传统的这些公序良俗，你从国家的法规文件里头可能找不到答案。农民就是这样，说有三个儿子，应该每个儿子都有一块宅基地，但是由于它是北京的郊区，不可能保证你生一个儿子就给一块宅基地，那可能三个儿子两个儿子都跟父母在一个院里住了。那么家里的闺女出嫁了，有嫁到河北的，有嫁到黄村的，有嫁到哪儿的，但是户口没走，她已经不在这个村里生活了，但是户口还在这儿怎么办？允许不允许分？等等。这一系列的问题都会摆在我们这儿，我们就要去研究它，就要跟村干部去征求一些意见，充分地听一听基层干部的意见，既要符合政策，又要照顾到农民的一些习惯。所以说这个政策之所以能够让农民接受，也是经过了若干轮的上下的研究，很复杂，过程也很艰苦。

刘长江（北京新机场建设大兴区筹备办副主任）： 在正式搬迁之前有这么几项主要的工作：第一，底数的调查。就是在你知道了拆哪些村以后，这些村里的情况、房屋的情况和数量、人口的情况、农民人口的情况、耕地的情况、总土地的情况，这都要进行调查，好用于我们制定搬迁政策。这个前期情况调查是在 2008 年有了机场办这个机构以后，是不断地在做的，要制定不同的搬迁的预案，怎么个拆法，安置在什么地方，采取什么样的政策，一直在调查、研究、讨论这件事。

进了 2015 年以后就到了方案阶段了，就要确定搬迁的具体的时间表、方案和时序，包括资金的准备、政策的制定，这都在 2015 年的 7 月份以前就已经解决了。

搬迁政策就大兴区来讲有两个主要的方向，一个是国有土地上的房屋的搬迁，一个是集体土地上的房屋的搬迁。在国有土地上，房屋的搬迁政策相对比较完善，也比较成熟，集体土地上的房屋的搬迁，这个政策我们运用的不是很多，也不是很成熟，尤其在南部这个地区，有它的特点，北边宅子小，咱们这个地区相对来说宅基地都大，集体土地上房屋的搬迁，宅基地又是一个重要的依据和载体，那么怎么样来破解这个问题？既让老百姓能够高兴地走，也能够把我们的政策执行好，主要是研究这些方面，怎么来确定它的标准这些问题。这个工作主要是由住建委牵头来完成，他们作为政策的主管机关，来牵头研究这个。

刘振宝（曾任大兴区住建委主任）：我们当时感觉到，应该会在2012年、2013年就要启动，但是后来由于多种原因，推迟到了2015年，实际上这种推迟对我们也是非常好的，所谓的“好”，一个是让我们能够静下心来研究我们的搬迁的政策和搬迁方案，还有实施的计划，另外一个，能够把这几年以来我们所有的搬迁政策进行总结，以便政策更完善、更可行。

在这之前，大兴区有一个“四有”的政策，是要让失地农民有组织、有工作的一个“四有”政策，我们延续这个政策。同时作为建委是按照区委、区政府的要求，统筹全区的征地搬迁工作，等于我们这些人主要是对政策文稿整理、起草、研究，最终由政府会、常委会讨论通过以后再实施。

应该这么说，一个搬迁政策的制定涉及多个层面。我们现在有一个基本的政策的堆积，相当于咱们写稿子，先搭一个架构，提初步的设想；另外一个，要总结以往的搬迁政策，就是一个目标的集成；第三个，新的政策要和当地的社会经济发展相适应；第四个，政策的制定要保证任务的完成。基于这几点，政策制定了两年多，几上几下，我们真正实现了几个：

一个是政策制定之初，广泛地征求意见。记得我带头到两个镇去召开村长的会、村民代表的会、村支书的会若干次，都就一些细节问题跟老百姓沟通，我们跟镇里边党委、政府的工作人员、领导们的交流就太多了。

另外一个，我们的国土部门、规划部门，包括发改部门、民政部门，还有社会保障，都参与了政策的制定。因为征一个地，拆一个村，转一个人，涉及所有的方方面面，整个政策制定是一个团队或者一个组织建起来的，建委是牵头，最终的决策内容到堆积都是建委负责的，因为建委是汇总。其他都是负责一方面。比如国土，只是考虑它的征地的标准、费用、清登补偿的一些事情；民政只考虑人员的安置标准；人劳部门就是社保这块怎么解决，转非安置怎么办。各方面都有。真正的最终的政策出来，我们跟两个镇的政府，还有村民和村委会的这些人员沟通，这是最重要的。我们都集成完了以后，拿出一个版本来，经过区政府的初步讨论送下去征求意见。

一个任务定的前提目标是什么，目标是一户不剩地迁走，而且按时间完成，那你在考虑政策的时候要综合各方面的因素。怎么能拆得走？换句话说，时间、资金、政策多元统一，才能实现这个目标。这样的话，政策的制定其实最主要的还是得考虑怎么能走，而且在这期间我们还动用了好多当时说起来是不可能的事情，比如司法。我们在这个过程中，跟北京市的高法协调，因为作为国家重点工程，我们能不能采取先期执行的这些做法。所谓先期执行就是在搬迁过程中，一旦这个户没走，影响工程开工了，由法院先行采取强制措施。当时法院同志们，包括我们区法院，还有市高院对这件事情也是三番五次地讨论协商，最终下来以后，有这么一个东西。我当时跟他们在会上也说过，我说，我们依托于你这把剑，但是最终我们争取做到不动用你们，实际上最终实现了这个目标，7005 户没有一户走强拆的。我们准备好了这个手段，没用，但是我们在工作当中有把剑，我们就能敢说话，因为国家重点工程，不能因为你一户两户影响工程的进展，我们会有一些强制性的措施，在宣传书上有，最终执行的时候用不用是另外一回事。所以我觉得整个方方面面，包括市里面，区里面的各部门，对整个机场搬迁都是作为一项一号工程在往前推，大家都做了很大的努力。

实际上北京市的征地搬迁工作，应该说到机场搬迁之前基本上就走入死胡同了，就拆不动了，可能全市都是这样。原来征地搬迁没有一个统一的标准，都采取的是袖口政策，多给俩钱，一户一谈，谈走就得了。每次都有一个谈不动的过程，实际上再加上我们整个量比较大，政策如果又衔接不上，等于基本上是很难处理了。这样的话，我们在研究政策的时候，就想打破以往政策的使用，实际上就是“三公开”，公开透明。后来我们通州的行政副中心，包括延庆的世博会，都是吸取了这方面的经验，我们把所有的政策都公开，跟老百姓讲解清楚，这是一个措施。

第二个措施，我们真正达到了老百姓百分之七八十以上的人都认可，这就需要互相沟通协调、讲解，制定政策以后应该老百姓都认可，要不然拆不动。

第三个，必须坚持住一把尺子量到底，这是最最重要的。

机场搬迁最重要的经验要我说就这么三条：一个是政策的制定，老百姓全程参与，换句话说，政策制定是可行的；第二个，执行政策是坚决的；第三个，工作过程是透明的。应该这三点是机场搬迁的经验。

榆垡镇干部向小店村村民宣传搬迁政策

问：搬迁政策都包括哪些方面？这次机场红线内的搬迁有没有什么特殊的政策？或者说有什么特点？

刘振宝（曾任大兴区住建委主任）： 为了机场搬迁，大兴区成立了一个总指挥部，五个分指挥部，建委是征地搬迁分指挥部的办公室，总指挥是主管的区长卫东同志，我是算副指挥，主要是带领两个镇在一线做这些事情。

征地这块，实际上当时把标准统一了，为了解决征地的问题，我们研究出台了一个保护政策。当时北部是 9 万的土地保护价，南部低，因为整个区域镇跟镇都不一样，这样就统一了南北区，南区比北区差 1 万块钱，实际上无形中把南区土地的补偿标准稍微做了点提高。

另外一个，关于地上物的补偿标准我们也出台政策了，为机场搬迁，建委牵头制定了五六个政策标准。为了完善，政策的研究是细之又细的，分类也非常清晰，包括宅基地这块，增加的部分怎么算，房前屋后怎么算，空闲地怎么算，街道怎么算，都有非常细的东西，这些东西都是建委牵头制定下来的。

杨彦光（曾任榆垡镇党委书记）：我是搬迁政策制定的参与者，搬迁工作在一个地区要考虑历史的延续，就是说我拆那镇区的 6 个村子，用的是北京市 124 号令这个政策的支撑。前面搬迁政策是一个标准，后面的搬迁，在同一个区域内，我认为后面的搬迁政策应该优于前面的搬迁政策，但又不能形成巨大的差距，不能说因为这是国家项目，有人出钱，政策优厚到无止境。过去镇区的搬迁属于区内项目，按照原有的标准。将来造成地区不统一，先拆的老百姓肯定觉得吃亏了，就形成不稳定因素了。所以在这个过程当中，我们按原有的政策，但是在原有政策里面也有许多不符合地区实际的。比如说北京市“三定三限”，我搬迁过程当中，一个家庭可能有几个子女，但是由于考学就业把户口迁走了，可能就剩老两口，或者有的父母就剩一个人，我们回迁房的“三定三限”，每个家庭 50 平米，显然这是搬迁政策的失败。所以在过程当中我们也破解了过去搬迁遇到的问题，包括那些有宅基地需要审批的，但是家里面由于北京市二十几年没批过宅基地，有些子女没有地方住。这些问题我们都想到老百姓的利益，既是对过去搬迁政策的延续，但是过去存在的问题，我们应该去避免，同时我们应该考虑到老百姓的利益最大化。结合这么一个原则，我参与制定了这些政策。应该说总体上政策出台以后，老百姓对政策还是接受的，整体老百姓对搬迁还是满意的。所以对于政策的把握我们认为做到了思想统一，都能够高度契合达到一致，在搬迁过程又实行公平、公开、公正、透明的原则。

方勇（礼贤镇镇长）：比方说宅基地。按照北京市 1983 年对于宅基地相应的规定，每户三分地，北京市也延续扩大，就是合法的宅基地每处是四分地。如果你家宅基地八分地怎么办呢？所以说我们的搬迁政策当中进行了严格的限定。因为咱们这个地区，包括其他的乡镇，停止分宅基地也已经快十年了。成年的孩子怎么办？没办法分宅基地，个别的村也没有宅基地了，现在土地管得又这么严，不可能再有多余的宅基地。我们这次搬迁政策当中提出了丰厚的政策，比方说你家八分地，有一个男孩够十八周岁，就可以自然分户，你在搬迁的时候，就能充分地享受搬迁政策。四分地就能拿二百平米，八分地足额的就能拿四百平米的回迁房，这里面搬迁政策相对比较复杂。

问：这些政策是怎么和老百姓进行宣传和沟通的？他们能了解自己都享受什么样的补偿吗？

赵刚（榆垡镇西宋各庄村村民）：就准备要搬迁的时候，2015 年 3 月，镇里就开始做动员工作。给我们解释说机场对老百姓的影响有多大，首先是对大伙说的利益方面，还说机场给老百姓带来什么福利各方面都有。

贾素丰（榆垡镇西宋各庄村村民）：村上的书记、党支部，给大家做搬迁动员工作，给老百姓宣传机场。他们对老百姓说给你们盖回迁房，不是说叫你们走了，就没有立脚之地了，肯定对你们的待遇都是最好的，就给我们解释。后来机场一建，我们搬了以后，搬得也挺好的。这儿老百姓都挺知足的。

方勇（礼贤镇镇长）：搬迁政策区里制定完了以后，会印刷成册，我们叫大白本。前期有惯例，我们会根据每个村的不同情况，可能还有些微调，但是核心条款不会调整，比如说土地的基本价，包括回迁房的价格等等这些不会调。这个搬迁政策怎么跟老百姓进行沟通呢？主要还是培训吧。我们对搬迁政策的培训，从搬迁一开始一直到最后，对整个的搬迁政策的解答是自始至终的，跟宣传是结合在一块的，是一个小的系统。比方说咱们会对工作人员、进村工作组，包括评估服务公司，这些公司的参与人员进行培训，也会对村民、村民代表进行培训。之后还有个大的培训，是每家每户派代表参加政策培训。

其实老百姓看了培训手册里的东西，我给他们讲过课，他还是不太明白。老百姓想得很简单，我们家这么大院子，我能拿多少房？最后我能剩多少钱？我就告诉他，那房和钱是从你拿多少搬迁款算过来的，有多少回迁房的指标，得一步一步教他，一步一步跟他说，总体上让他能估得出来一个大概的数。说四分地最后能拿多少房子，拿多少钱，有一个大数，但是会根据每家每户的情况不一样上下有一些浮动。比方说，进去一个人，多一户分户条件的，他可能就多拿十万块钱，这里面非常细。

政策宣传也好，解答也好，它是贯彻始终的，我们会把所有的搬迁政策都给它进行录制，然后到村里面进行广播，包括对搬迁政策的提示等等，都会录给老百姓。搬迁政策的册子，不是一家一户一本，都快人手一本了。然后把政策全部进行公示，在村委会我们长期的有政策解答。

其实咱们政策宣传，讲大课的时候，老百姓还是听不明白。更多的是一对一，按照培训的流程，肯定从繁到简，从简到繁，都得跟他说得很清楚，这是我们的义务。最后总结的时候，还是让他记住几个粗线条的东西就行了，他也不需要去算，算的话也很麻烦，因为那是非常专业的事。后期对于评估，他不是关注拿多少钱，他其实在关注他的宅基地能不能有效地得到利用，是这个意思。

张国立（曾任榆垡镇副镇长）：我们每个班子成员都是包片包村的，带领着机关干部去工作。先期我们也给这些机关干部进行培训，第一个培训就是素质上的培训。培训什么呢？你面对老百姓，跟机关是不一样的、老百姓说的话你可能听不惯。第二个培训是政策培训。作为去做工作的、跟老百姓亲自接触的人，你不了解政策，做不了工作，可能他要问你好多事情，你解释不清楚，那不行。再一个，跟老百姓怎么去接触。我觉得跟老百姓说一些地方朴实的语言，他能更接受。你说一个词汇，他可能听起来就别扭，说点老百姓的话，说点普通老百姓能听懂的话，这是我们应该做的。当然在这个过程当中也有冲突，说着说着激动，包括跟我们也有激动，老百姓也有的拍桌子。作为我们来讲，或者说从新人来讲，急不急？急，但是你要跟他急，这事就办不成了。你别急，急办不了事，咱们耐心地去撮合。可能有的老百姓中午喝点酒，跟你说的时候话重了，甚至有的带一些脏字，因为我们是干的这些活，是机关干部，人家老百姓评价咱们是人民政府，受点委屈就受点委屈吧。

张国江（曾任榆垡镇北化各庄村党支部书记）：入户以后，每家每户有两本书，一个是补偿办法，你看明白了，自个就能算出来。当时说了，一算怎么给140万呢。其他的没算，其他的要一算合180万、190万，将近200万。要是说200万，再给你90平米的回迁房。比如说200万给你回迁房，你再拿掉90万，还剩100来万，一算这个就比较合适。

像我们村开村代表会的时候，一开始书记、主任两委班子成员全都签完字了，签完字以后得做工作，班子各个兄弟做完以后再也没有签字的了，怎么办？老百姓也是想都不签字，我们也是想办法。回头接着一天有40多个村民就找到大队，你这政策我们也听不明白。不要紧的，你听不明白到会议室给你讲。

就有那么三两天，一户不给你签字，等待、观望。我说谁听不明白到会议室，到会议室我给他们说。我说宅基地面积怎么算，那本书上都有。然后附加的，比如说附加的一平米960块钱，这个没有，你自个儿算，算完了也合适。也包括地里头，地里头咱们都种着果树，谁家果树多少棵都整顿完以后你们都签上字了。比如说你们家400棵桃树，告诉你最低底线是多少？河北省是750块钱一棵，咱们这是最低不低于1000块钱一棵，当时底线我就知道。这么着签约，我给他们公布完以后，第二天一天签约45户。先连宅基地签了，地里这块一个星期以后再签，就这么着特别快。

就按照政策来。像我们家北边那是1亩2分地的宅基地面积，就是我们大儿子走一户，六分地以上到八分地给一部分钱，四分到六分给一部分钱，其余的就舍了，没办法。没有人员，人员结构不够。

问：在搬迁过程中，村干部作为与老百姓直接接触的基层干部发挥

了什么作用？村干部既是村民，是搬迁的既得利益者，同时又是干部，要完成政府搬迁的目标，怎么去平衡这种关系？有没有出现村干部不作为、不配合上级领导的情况？

张国立（曾任榆垡镇副镇长）：村里是两委，村委和支部委员会，他们是最基层的，要说了解百姓的心声，他们是最清楚的，毕竟人家生活在一起，每天都在一个村里面。每户的情况他们都要了解，比如产生矛盾的时候，他们要做中间人。人家说老百姓是老乡亲，乡里乡亲，他们这种乡里乡亲的东西更能笼络，他们说一句比我们说十句都好使。后来我们就抓住村干部，还有村里的居民小组，居民小组是什么？五人一个居民小组，我们在选定这个人的时候，不是说我们随便弄五个人，要看他是不是党员，最关键看他在村里的威望有多大，这个人说话好多人听，选这个人作为我们确权小组的人。然后他们承担了一个任务，他们家宅基地怎么去丈量，再一个是多一些群众的参与。

他们必须是在前边签字，我包的南各庄总支的书记程建明第一个签字。我说建明兄弟，你可是南各庄的总支书，可能这里的党员干部会看你，你应该起带头作用，所以你就得第一个签字。肯定当时他媳妇得问，干吗你非得先签，夫妻之间肯定了。老百姓就议论，你怎么那么洋相，你干吗先签？好像从舆论上有一种思想的压力，但是你就得先签，因为你是党员和总支书记，你不去先做，怎样要求老百姓做呢？

老百姓有矛盾，他们不能正面地去说人家不对。我说你不是裁判，你去说两家的矛盾，你要摆在中间，就是一种桥梁和纽带的作用，用一个你们这个区域的农村的话语来调解。如果说有正面冲突，成为法律上的矛盾的时候，当然有律师参与是一种方式去解决，有一些矛盾用别的方式可能更好解决。

王静（曾任榆垡镇宣传部部长）：因为每个人遇到自己切身利益的时候都会有这种想法，如果咱们是村书记也会想，我自己能够利益最大化，我又得想我既然是书记，还得带头，还不能做后进的户，可能会有这种想法。所以我们前期在搬迁之前做培训的时候，村干部都参加，包括我们确权小组这些人都参加，但实际上到最后运行的时候还是看整个村里边班子的凝聚力，他对政府首先得信任。后来我们在给村两委成员，还有确权小组的人开会的时候，彦光书记在会上说了，如果你少得 1 万，政府赔你 10 万，你还怕什么，有录音有录像，如果说今天给你确权，按照利益最大化你是 400 万，如果说最后跟你家同样情况的人家得了 401 万了，那好，政府给你补这 10 万块钱。领导都做出这样的承诺了，你还有什么顾忌呢？而且作为我们来讲，我们包村干部来讲也好，评估公司、服务公司也好，谁跟我们都没有亲戚关系，我们跟谁都没有私底下什么关系，就是秉公来办这个事，按照这个政策，怎么能够给大家政策吃到底，就给你最大的限度。村干部也一样，按照你家的房子、你家的人口构成，大家给你集思广益，想着怎么走能让你多得钱。所以后来村干部也信任我们，镇里边的包村干部、评估公司、审计公司结合搬迁政策，我们想哪一个对他的利益是最大的，最后我们来跟书记说。

要取得村干部的信任，让他知道，政府的政策不是空谈，不是唱高调，确实是多盖不多得，不让老实人吃亏，给你承诺说，该给你的都给你，不会坑你，因为这是国家出钱，不是从我兜里掏钱给你，也不是从某个公司掏钱给你，是国家出这个钱，为什么要少给你呢？而且国家要建这个机场，目的也是不让老实人吃亏，把你的地占了，把你的房占了，肯定应该给你的都会给你，没有人会坑你的钱。

村干部村书记不带头，底下的人看书记呢，书记都不签，村民为什么签？工作往下推就有极大困难。在这个时候就是找村书记，镇里边的领导去找你，你作为村书记，你应该发挥什么样的风格，你应该怎么做，那去做工作吧。所以后来我们遇到这种运行不畅的情况，卡壳的时候，那就是做工作，没有别的，因为你要严格按照搬迁政策不能多给他钱。老百姓民间都会传，说谁谁谁带头签约了，多给了 20 万，都会这么说，然后村干部有时候也挺委屈的，我带头签约了，别说 20 万，2000 块钱都没有多给我，你还造谣。后来我们就说造谣也无所谓，既然咱没多拿，咱心里坦荡，咱把该拿的钱都拿到了，该拿的不是一分钱没少你的吗，就 ok 了。你就不要再想谁说你多拿钱了。还有人说我们搬迁干部一个人拆一户奖励 500 块钱，签走一户奖励多少多少钱，都这么说，我说他尽管说，谣言总归是谣言，不攻自破，何必在乎别人怎么说呢。你就做好你自己的，作为村干部带好你的头，你自己做到问心无愧，同时我们给你争取利益的最大化，不让你受任何的损失就行了，你何必在乎别人怎么说呢，农村有句话说，听拉拉蛄叫，还不下地了，不种菜了？当时就跟他们说，你不要在乎别人的眼光，你自己觉得问心无愧，你对得起你自己村干部的身份就行了。所以后来我们这个村也是从开始走不动，到后期的时候党员干部带头来签，老百姓一看，村干部都签了，然后陆陆续续地都签了，村干部起了带头作用。

第二节　搬迁启动

2015 年，大兴区正式启动新机场项目征地搬迁、入户清登工作。搬迁过程分为五步：宅基地确权、村民认可签字、核算补偿金额、签字同意搬迁、选购安置住房。

这个看似公开透明、简单明了的流程，在实际操作的过程中，复杂程度超乎想象。面对突如其来的“财富”和一个与旧日生活彻底告别的契机，家庭纠纷、邻里不和、干群矛盾等似乎都在一夜之间爆发。为了避免社会矛盾的扩大化，按时完成土地交付，基层干部们舍己为公，披星戴月，跑断了腿、磨破了嘴，一家一户去做思想工作，化解矛盾，避免了越级上访和群体事件的发生，也防止了家庭内部和乡亲之间不能弥合的裂痕，最终保证了 42 天和谐搬迁。

问：2015年5月正式开始搬迁，能简单介绍一下当时的操作流程吗？

任喜军（礼贤镇党委书记）：我们提过一个口号，搬迁不倒一人，为什么？防止腐败问题的发生，同时我们在体制，特别是机制上，不允许一个人说了算，全是集体决策，有特殊情况特殊问题向上级请示，在这个方面我们设立了五人决策小组，对于搬迁过程中发现的一些问题要上会，同时如果我们做不到，或者还是没有解决，那怎么办？我们有搬迁指挥部，在区里领导下，反复地商量、反复地沟通。在这些问题上，从机制上我认为就杜绝了一个人说了算，或者是少部分人说了算。

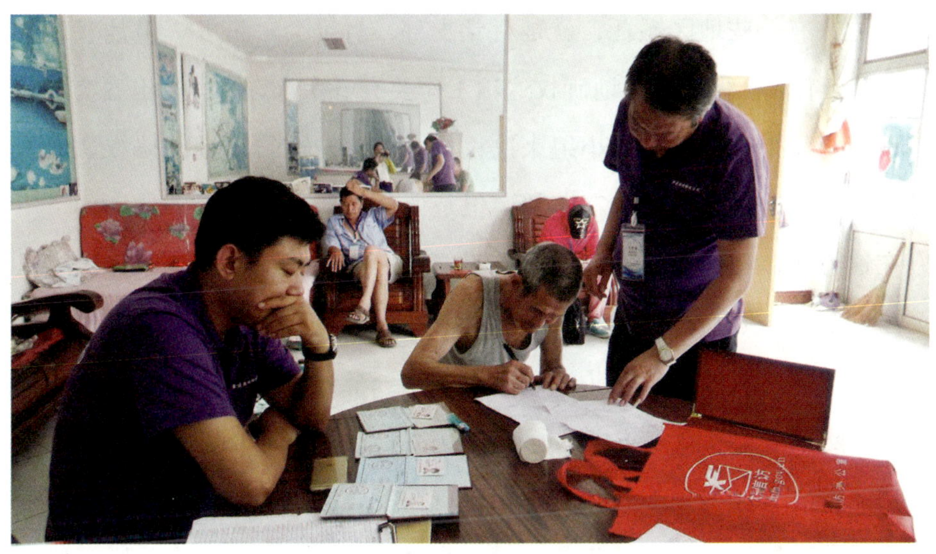

礼贤镇贺南村入户清登

榆垡镇入户清登

过去有一些地区搬迁，就是村党支部、村委会一班人，但是我们做了一个延伸，村级的宅基地确权这项工作要有五个人，村里要出五个人，镇里要出两个人，叫七人小组来决议，一家一户进行土地的确权，人人都要签字。这样，我跟张三不赖，但是他不可能做完六个人的工作，所以在这方面，我们把权力分解了，不能让一个党支部书记说了算。村里要出五个人，镇里有两个处级干部，礼贤镇就是这么做的，你要担责任的，你要签字的。所以说从源头上我们杜绝了一个人说了算或者少部分人说了算，防范廉政风险，防止了所谓的通过搬迁造成的腐败问题的发生。

王静（曾任榆垡镇宣传部部长）：在没有搬迁之前，我们是每一个党委委员、处级干部都是包几个村，我之前是包大概三四个村吧，但是搬迁了之后，我们要求每一个领导干部带着几个科长，带着几个科员重点包一个村，所以我当时包的就是南庄村，在南各庄的南边。我带着司法所的所长、文体中心的主任，还有几个科长、科员，还有企发办的张主任，大概十几个人吧，等于镇里边的工作组就十几个人。

我包的那个村是七个人的确权小组，就是根据你村里面的情况，安排五个人或者七个人的确权小组，了解村里边情况的，大家推选出来的德高望重的人。然后还有当时入驻的评估公司，就是量房子的，还有最后给你服务的，跟你去谈判谈价钱什么的服务公司，还有当时的审计公司，所以我们是五拨人，镇里边的人、村里边的人、服务公司、评估公司、审计公司这五拨人汇聚到村委会，是一个大的团队，相互配合，也相互制约，互相地监督，有问题的时候大家一起解决，同时也是为了公开、透明，每一个环节都保证公开、透明，没有什么暗箱操作，我觉得起初定的这些政策都非常好。

张国江（曾任榆垡镇北化各庄村党支部书记）：2015年4月公告就下来了，贴完公告以后5月18日搬迁工作组入村，5月19日领导小组分组，分完组以后入户。主任这片，书记这片，社长这片，就带着评估小组搬迁去，审计去。评估的两个人，审计的两个人，服务的两个人，都是两个人一小组。我们领着去的工作组好几方的人。为什么这次搬迁比较严格呢？我记得特别清楚，评估的拉尺，审计的大姐，到这看一看多少多少尺，说好了，统一尺，审计的记一个，评估的记一个，两人对上。

确权小组五人，是分三个组，主任带一组，社长带一组，委员带一组。南北线拉的一趟街，搬迁组就三个。入户时也是主任、委员、会计几个人，得在你单子上签字，你量他宅基地的面积，量完之后你签字。最后确权单子上怎么确的？我们会议室大屏幕，包括搬迁、服务、评估，镇派工作组，包括干部都在会议室里头。大屏幕一看，这家的尺寸多少平米，评估就放上，放了以后说人员结构，这家的人员结构有父母，弟兄几个，是这样吗？说是，就当面打出来签字。先是入户代表签字，比如你是小组长你先签字，你签完字后确认好了，然后确权小组成员再签字，然后镇里的包片领导小组签字，签完字以后拿着单子上新航城这审批。

他怎么审批？需要这户的宅基地面积跟这航拍图对上，对完以后再拿着这个尺寸往你这一套，说合适，单子上有你的盖章，你回去再签字。单子不给你拿回去你签不了字。比如说我这航拍图面积往这一压，压着人家1米多了那不成，你回去再互相协调，协调好了以后这三户全都放下去以后，他才给你盖章，单子拿回去叫服务的给你签字。这一次特别严格，反正我知道这个程序，我老跑这事。纪委书记老拉着我，你必须得去，要不然程序你不知道怎么回事。

问：当时入户清登确权工作顺利吗？老百姓配合吗？

张赞军（榆垡镇南各庄村第二党支部书记）：本儿发给大伙了，头一天开始丈量，从东头走到西头，家家户户锁门，但是人就在那站着呢。你要问有没有钥匙？拿走了。

丈量这个工作做了不少天。前期就不让丈量，后期老百姓认可以后，等于他也想量，我也想量，后期加人，前期这些人根本没事干。正常没有分歧挺顺利半个小时，平均说就半个小时。有分歧，一个小时的也有，三个小时的也有，没法说。

程建明（榆垡镇南各庄村党总支书记）：老百姓不愿意给丈量，都锁门。他们是好几个公司一块来，审计、评估、服务，最少三个公司给你量这个，画图什么的。

王静（曾任榆垡镇宣传部部长）：老百姓开始不了解这个政策，就不让进门，你进门都甭想进，老百姓就说，你就跟我说赔我多少钱吧，你甭进来量房了。我们那个村还好一些，基本上第一天就量了四五户，但是也有时候一敲门，说有人吗？没人。说没人怎么还说话？说先别量我，先量别人去。不让量，他就觉得他一同意让你量了之后，给他多少钱他也得拆了，他以为是这样的，实际上咱们不量你的房，不知道你房哪年盖的，盖得好不好，你是小土房还是大琉璃瓦的房，还有你家的面积大小、人口我们都不知道，怎么给你量？

等到后来，我们跟老百姓也熟了，再有不让敲门的，我就给他们举例子，我说你看，这就跟搞对象似的，你还没见面没相亲呢，你就问人家什么时候结婚，那怎么可能呢？你得让我们见见，咱得相相，得看看，看看人怎么样，合适不合适，然后咱再说下一步怎么订婚，怎么结婚。后来老百姓就觉得挺逗的，说行，那你进来量吧。我们慢慢慢慢地就打开这个局面了，老百姓也都让量了。

张月学（曾任礼贤镇大马坊村党支部书记）：我们5月17号工作不是很顺利。我记得非常清楚，5月17号的晚上是雷电交加，大雨倾盆，晚上吃完晚饭我用广播喇叭召集所有的工作组人员马上到村委会会议室开会。人们穿着雨衣、打着伞、举着手电，从村里的各个角落很短的时间就集中在我们的村委会的会议室。当时那个水洼的地都没了脚面了，蹚着水来的。就是在那种情况村委会院里面都站了很多老百姓，打着伞，踮着脚往办公室里看，透过玻璃窗。我说大家坐好了，把今天一天老百姓提的问题、反馈的问题，马上梳理。我们梳理了九条出来，非常有代表性、共性的问题梳理出九条来。我说别看今天第一天，咱们好像入户清登的工作不是很顺利，但是能梳理出这么多有共性的问题，其实这个就是成功的，我要的就是这个东西。

然后我当着大家的面宣布，第二天5月18号是咱们榆垡、礼贤两个镇同时入户的统一时间，我跟大家说18号咱们大马坊入户清登工作停了，不量房子了。我这么一说大家给我鼓掌，会议室当时掌声雷动，说书记够硬的。他们认为是我在鼓动带领乡亲们跟政府的政策对抗。那明天要是镇里领导来了呢？我说镇里领导来了让镇里领导跟咱们坐在一起，通过分析这个征地搬迁政策，把这共性问题解决掉。时任咱们礼贤镇的副镇长方勇同志和时任咱们礼贤镇的党委副书记孔勇，二位领导包我们村。我晚上连夜给他们打电话，我把会议记录跟会议结果跟领导汇报了，我说第二天上午二位领导先有一个思想准备，到村委会的会议室来，肯定会有很多很多人提问题，咱们逐一解答，一些疑问，包括一些社会上的流言蜚语，一些谣言。

当天上午我们那会议室里面能坐五十人，别说坐了站都站不下脚，那一排窗户一个脑袋挨一个脑袋地扒着玻璃往屋里看，那院子里站满人，大门外头街道上全是汽车，站满人了，就等着政策解答。二位领导老早就来了，我们当时就没有上班下班时间，天一亮太阳一出就开始进入到工作状态了。经过上午半天的解答，把这些共性的问题、老百姓的疑惑，一一给解答清楚了。我记得非常清楚，5 月 18 号是一个周三，解答清楚之后我说下午所有的工作组人员别来村委会了，去到你们的片区，去老百姓门口，他们不开门就在他门口的树荫凉底下坐着，等着，或者敲门，下午不开会了。

然后我跟二位领导沟通了一下，我说您看见没有，周四、周五没有动静，到周六、周日咱们的工作量有一大的提升。因为周六、日在外面工作的孩子们都要休息了，双休，包括咱们双管单位的工作人员。因为我之前网格化的管理，社会关系摸得非常清楚。通过在外务工人员单位的领导去沟通，尽量不让这些在外工作这些人周末加班，让他们放下工作周末都回到家乡，回到大马坊做家里工作，因为很多家里老年人对政策了解不是很透，等着孩子回来吧。果然周六那一天我们就量了 70 多户，周日一天又量了60多户。周六、日这两天就将近我们全村一半的工作量就下来了。

问：有没有不管怎么解释政策都不愿意签字的村民？这种情况怎么处理？

王静（曾任榆垡镇宣传部部长）：基本上前期80%吧，我们大概签到80%到85%的时候就卡壳了，剩下的这15%到20%都是有矛盾的。之前签走的这80%，比如说，他可能一开始的时候对政策不理解，怕吃亏不签，我们就讲政策，给老百姓算细账、透明账，把这个单子给到他们手里之后就都明白了，一看得到这个钱比我预想的还要多，他就很顺利地签约，然后去选房了。

但是剩下的这20%左右基本上都是有矛盾的，邻里之间的纠纷，父子之间的矛盾，母子之间的矛盾，兄弟姐妹之间的矛盾，都是这个。所以我们前期拆的这85%左右吧，都非常顺利，赶到后来剩的这些户都是有矛盾的户，那我们怎么办？为了保证42天都得签约完，我们这个工作组分成几个组，比如说我带着张三，那个科长带着李四，三四个人吧做工作，因为一个人不成。

面对搬迁带来的巨大利益，家庭内部产生了众多纷争，首先政策规定成年子女都有均分搬迁赔偿的权利，但由于农村传统观念造成姑嫂、兄弟、婆媳之间种种纷争需要镇村干部进行调解。各村之中也有一些肢体或精神残障，或者外乡守寡的弱势群体，镇村干部也需出面维护这些人的平等权利。

礼贤镇贺南村丈量搬迁房屋

杜志勇（曾任礼贤镇党委书记）：应该说搬迁期是各种矛盾集中爆发的时期。为什么呢？过去可能农村人讲究脸面，家丑不可外扬，在没有受到强大的外力冲击的前提下能够维持和谐，但是在巨大的利益面前，一些过去积累的各种各样的矛盾就会凸显，就会爆发。这里面涉及几个方面，比如说家庭内部的问题、矛盾。农村叫作重男轻女，嫁出去的闺女泼出去的水，但是这回咱们搬迁就是大家都有机会，在条件允许的范围内都可以依法获得合法利益。这时候矛盾就很集中。家里面有男孩有女孩的，特别是女孩嫁出去以后这回搬迁必须得有我的利益，回来争取保障自己的利益不受损失，但是父母和男孩认为，你嫁了人了，你还回来要这个来，不给。这矛盾就爆发出来，这个很激烈，农村的话说姑奶奶回村要房来了。

第二个问题，农村宅基地的买卖问题，有的是历史上形成很长时间了，形成 20 年、30 年了，有的是近几年才发生的。这房子现在是人家买房的人住在那，到搬迁的时候原房主不干了，说你这不行，就得整个你一分钱都得不着，全都是我的，但是法院一般有一个法律的仲裁，这方面前期的介入很关键。第三类的问题是村里邻里之间。为什么邻里之间产生矛盾呢？过去农村盖房都很有讲究，要盖都一边齐，你们家不许比我们家高出一砖，高出一砖是欺负我们家人。第二，公共的通道小巷有的在砌院墙的时候故意多出一砖来，这点事过去发生过激烈的争吵争斗，形成历史遗留问题。再有农村房子前边有出廊子，后边得有滴水，滴水 1 米 5 还是 2 米，说这 2 米是算谁的，这个都会发生类似的矛盾、冲突。

还有干群之间的矛盾。村民本身与村集体过去发生的一些债务矛盾、纠纷等等，在这个时期都会爆发，咱们就借这一次机会把所有的技术问题都算清楚，都划明白了，道理争个黑白分明了，要不往后大家一拆完之后各奔东西，还解决不了这事了，就借着把这事办了。所以它是一个集中的爆发。

问：都说清官难断家务事，碰上家庭的纠纷，搬迁小组的干部要怎么解决？老百姓接受他们的调解吗？

搬迁前榆垡镇包村干部入户走访

刘志刚（榆垡镇党委书记）：清官难断家务事，家里的事很难说清楚。但是搬迁我们遇到的大部分的难点主要集中在家庭内部矛盾上，邻里之间的矛盾可能跟家庭内部的矛盾相比，某种程度上还相对好协调一些，看着矛盾比较激烈，其实做一些苦口婆心的工作，到现场去给人断一断、看一看，包括找一些相关的熟人帮着一块做做工作，邻里之间的矛盾可能都过得去。但是容易结成死疙瘩的就是家庭内部的矛盾，宁可这个东西我不要，也不可能给对方，很多这种例子。其中有一户，我记得南各庄搬迁的时候，由于家庭自己内部的矛盾，叔叔跟自己的亲侄女之间的一些财产纠纷问题爆发。当时这个事算是我亲自经手的，我们利用两个半天的时间，走访两方的利益相关人，走访小队干部、大队干部，到村里把他们家的情况都了解分析之后，做出了一个令所有人心服口服的判断，最后根据他们家实际情况，化解他们家自己的矛盾。

农村是二元经济社会。现在城里，说得极端一点，对门都不一定认识对门，但是农村像一个大家庭一样，很多是亲戚套亲戚，关系套关系，还是有一种社会关系的存在，他还是愿意听别人去说和这事的。何况毕竟是一家人，保不齐头一天俩人还是形同于水火，第二天又好得跟一个人似的，也非常有可能。你要不给调解，他最后还是会怨恨政府当时为什么不给我们家调解，我们还少拿多少多少钱，少拿一套房子。所以还是尽可能调解，实现了他们一个大家庭的利益上的最大化。

杨彦光（曾任榆垡镇党委书记）：家庭内部矛盾就是牵涉到子女，有的说大家要均分，有的说这是应该给儿子的资产，闺女不要，有的本身妯娌之间有矛盾，不同意的。总而言之，我这样形容我的同志们，我和人家聊天说，你看过《第三调解室》吗？人家开玩笑说，就是电视台里面老打架那个，由于我们城市化进程，由于搬迁造成了矛盾的尖锐和激化，可能过去反正房子在这儿，没说给谁，到时候再说，没有激化，今天大家就要达成一致，就要签字，形成统一意见的时候问题就来了，变成资产的时候矛盾就突出了，在这种情况下我们的机关干部起到了第三调解室调解员的作用。大家用自己农村的家乡的朴实语言，说我们农村人这种话，互相之间做工作，白天上班，晚上到家里去做工作，不分白昼黑夜，大家苦口婆心地，你去一遍，他去一遍，包村干部不行村干部，村干部不行镇领导，镇领导不行把亲戚请来。最经典的，一个家庭三个女儿通过打官司在法庭打了几年没打下来，你说你的理她说她的理，最后法院退回再重新取证。几年三个女儿互相之间不说话，老人愁得天天哭，最后在这种情况下法院没给解决的问题，我们的包村干部解决了。所以像这些例子，邻里纠纷、家庭矛盾，由于搬迁使问题更突出了，在这种情况下，整个搬迁的过程，就是一个解决矛盾的过程，把问题消化在搬迁里面的过程。

司法所干部在为村民调解、服务

方勇（礼贤镇镇长）：政府这几年搬迁工作一个非常好的做法就是司法先行介入。司法所带着律师给他们做工作，只要有问题的，或者说上法院打官司的，都进行介入，进行调解，应该说司法所，包括驻村律师发挥了非常大的作用。都是为自己家争取利益，你也没法说，所以只能和他们聊，白天聊晚上聊，找着一个切入点，大家感觉到行了，当时就得摁在那儿签字。要不然第二天他一想起来，又反悔了。所以说聊着聊着一看觉得能够接受了，当时就签字，不给他反悔的余地，其实签完了他也就认了。

我们干部很辛苦，这些调解必须得跟着，一个是防止他们把事态扩大，另外去法院的话，给家庭内部形成一种不可愈合的伤口，尤其传到下一代很麻烦。所以说我们从和谐搬迁的角度，也是尽可能地把矛盾解决在家庭之内。

咱们的村干部，包括镇里的司法所工作人员的调解非常有力度。老百姓还是认可的。像在贺北村搬迁的时候，有一家都上法院了，我们把法官请到镇里来进行调解。我跟他说，你上法院判也就两下子，我把法官都请到这儿了，希望你们家里一家人好，别上法院，一次两次也就调解成了。

问：邻里之间的纠纷是搬迁中体现的另一种矛盾，一般有什么样的纠纷？怎么解决？

张月学（曾任礼贤镇大马坊村党支部书记）：有这种纠纷都是村委会去调解。因为老百姓第一就相信一个村的人。第二，如果超出咱们的职权可控范围，可以找到镇领导去调解。因为咱们驻村有司法所，有信访，有政策解答处。超出咱们职权范围，咱们第一时间请相关的掌握法律法规的专业人士过来给现场普及，现场答疑解惑。就像这种房与房之间的小缝隙，还有房前房后不足的面积，利用一些技巧上的东西很好解决，力争达到双方满意，也不至于留下隐患，搬迁完了之后街里街坊的遇见还能坐在一起聊聊天，喝喝茶，非常好。

杨彦光（曾任榆垡镇党委书记）：这个里面总体要把握平衡，同一个项目里面政策不一致不行，政策如果都一致，大宅基地和小宅基地的人，在过程当中也可能矛盾越来越尖锐，所以我们叫总体把控。每天他们在村子里面遇到的各种各样的难题，我们把难题每天晚上汇总到一起，你遇到的难题和他遇到的难题是两个不同的村子，你不能就考虑你这儿，形成的效仿和相互攀比，如果把控得不一致，最后形成不公平，整个搬迁过程当中一定会慢慢爆发出矛盾来，形成夹生饭，最后的结果是无法弥补的。我们和住建委、审计部门、搬迁的公司来共同研究各村出现的、反映的问题，在这个过程中，再及时归纳汇总平衡。

比如说有一些村子，宅基地相对松散，有一些宅基地不统一，后面一排房到哪儿都是平的，但是有的村子犬牙交错。有的村子中间宅基地小，边上的宅基地大，因为后申请的宅基地，可能宽松一些了。村子跟村子要求不一样，有的村子两户之间就把胡同，当时审批宅基地的时候筛出来了，我往后退两米你往后退两米，这个叫伙道，共同走的道。确权过程当中都说是我的，我们出台一个政策，如果你们两家达成协议你两米他两米，我们视同你们家宅基地范围之内。如果达不成协议，那我们制定了政策就是说这是公家的，你说是你的他说他的，你也拿不出证据，他也拿不出证据，那这就是村集体的了。像这样的具体的一些细节的东西还有许许多多，这样大家在过程当中遇到一些同类的问题怎么处理，遇到不一样的问题怎么把握，总体我们要让它平衡。这个村子大宅基地，你已经很大了，外面可能出来的一些，后面有房子都可能，那就不能再盖出来了。宅基地小的村子，这个房子错落一点，我们也视同于你挨着最后一排，我们在把握政策、把握原则的时候稍微宽松一点，还要人性化，还要大家利益最大化。本身你家占有的公用的宅基地很大了，我们还不讲原则？本身这几家已经特别小了，我们难道还得说一寸也不允许往外，那就一点感情不讲。把握尺度很难，不管怎么说我们在过程当中整体把握。

程建明（榆垡镇南各庄村党总支书记）：这次搬迁矛盾最大的一是离婚的，二是户口在本村但没有房子的。这块折腾厉害，都折腾市里去了。比如孩子在黄村那有房，但是村里有户口，有地没房，他就开始找人。找也没法解决，这次的政策咱们也看了，是宅基地房屋搬迁安置，你就有户口不管事，户口只能说你是农业户口，给你转户口的农转非那块有，但是房屋那块没有。他也要房，他说我得要回迁房，回迁房是你得有宅基地有房屋才能给你回迁房，有户口不管事。有的是宅基地卖了，户口还在这儿。

还有的是离婚了，但是户口没迁走。当初离婚我都知道，我跟着上法庭去了，院子房产就一人一半，当间一拉，假设五间瓦房正房，一边三间厢房。他说在当间一拉一人一半，没法住，那当时就折点钱，那阵折一千多块钱。过去农村那房就是三几千块钱，现在农村宅基地值钱了，一开始他们卖的都是几千块钱，后期都快搬迁卖的，卖了三万五万。没卖一年呢搬迁了，谁也没想到。当时我跟他们解释，你当时卖这几万块钱交首付也好，那阵有分房就是几万块钱，付定金拿不出这钱就把家里农村那房卖了，等于你先得了利益。一般都是卖给本村的，你要也要不回去了。大多数都是这种情况。

张国江（曾任榆垡镇北化各庄村党支部书记）：比如说两个村民前后院，前面这户说我后边有一米半，后边这个村民就说你没有一米半，我都盖上房子了，实际上房后头一量就一米二了。但是前边的户主不签字，他说我这后边底下有一米半，他占我三十公分。占三十公分怎么办？评估得画图，人家那房子都盖上了，不能连人家房子切出去了。他们两家本身就不和，不说话。前院的宅基地又是买人家别人的。我管他叫叔，我说叔你这个做法不对。为什么？你买宅基地的时候应该三头对面，连后边街坊叫着，你叫着，卖方叫着，你不跟他说话不要紧，把卖方叫着说我后边有一米半，你承认不承认，我要连这个地方卖了，双方得签字。你没叫人家，也没有问，你就是卖方说一米半你就说有一米半，那我还说二米呢，这是不对的。人家盖房子的时候，你也没有找到村委会调解这事，人家房子都盖上了，就给你剩一米二，你到现在不签字，到时候损失是你的事。本身你惹不起人家让了三十公分，叫我们给你争回来，不能航拍图上连人家房子“咔”切下来给你，不可能。最后只能就给他一米二。他对我们还有看法，说你们不给我们做主，我说不是不给你做主。

问：除了家庭内部的矛盾和邻里之间的纠纷，我们干部和群众在搬迁过程中会不会还产生其他一些矛盾？造成这些矛盾的主要因素都有什么？

杨彦光（曾任榆垡镇党委书记）：我个人的理解，大家开始都支持整体的搬迁，但是在这个过程当中可能遇到一些难题了。我先说第一个遇到的问题，80%的人都有可能按照我们的公开、公平、公正透明的搬迁政策搬迁走，但可能有故土难离的问题。大多数人都喜欢机场，都想过好日子，但有的思想比较守旧的人，就想住在我的平房里面，你给我的搬迁款我不要，我不愿意住楼房里面。我举一个可能不恰当的例子，相当于卖西瓜一样，有人不想卖，我拿着钱到他家来买，还得我制定市场价，这就出问题了。所以遇到这样的问题的时候，我们的工作就特别难做。过程当中我们包村干部就得讲，我们未来是一个什么好日子，咱们都希望子女过好了，你们把房子搬迁了，房子分到楼房，未来子女的资产、房子更多了，子孙们更过上好日子了。刚才说到这种现象，在搬迁过程当中给我们增加了很大很大难度。因为机场红线范围内是不能留一个家的，要拆全都要场清地平，把所有地交给项目公司来建，不能留一户，留一户是我们工作没有到位，是我们工作没有结束。所以在这种情况下我们做这些人的工作很难。

这些同志们真的受了委屈，有的是挨骂的。比如说他家里面的矛盾没法发作的时候，或者发作完以后，我们就要到家里做工作，这些无名火，怄的这点气，全撒在我们身上。我就说，说风凉话你们要接着，挨骂你们要接着。有的年轻同志回来跟我哭，没挨过自己父母的骂，争气要强，都是考出来的大学生，都是受表扬的一生。回来跟我哭完了，我劝完他们，第二天又坚持去一线。

所以在搬迁过程当中，不是在做80%的人的工作。80%的人由于政策，由于要改变过去的生活，都搬迁走了，没问题。我们是在做那些20%的人的工作，因为我们要清零，那些故土难离的，那些邻里纠纷的，那些家庭矛盾的，有一些性格古怪的，还有一些被律师蛊惑的。有个人我们做工作，村干部拉着拽着不让走，签字就可以了，这个人在哆哆嗦嗦，提着笔半个小时不签。包村干部晓之以理动之以情，但是那律师在家里面遥控指挥。这律师说我是天下第一人，搬迁第一人，你找我来就可以帮你多得钱，甚至吓唬他，你要是签了就得赔我钱。

张国江（曾任榆垡镇北化各庄村党支部书记）：搬迁的时候有难度。我们村南北走向，村里整改过，包括路也调整过，都是我当支书以后修的路。包括拓宽，原来是四五米的道，我拓宽到八米，离人家建好的围墙多少米？就 50 公分，用车推的。当时台子高，能推成 1 米，推的时候也是有人不愿意，当时就找到我说，你要这么推，我这围墙不就倒了嘛。我说我修路不是为我们家修的，你要理解。咱这 8 米宽，你这围墙肯定不让你倒，你放心。

画线的时候有的村民不干，他说当时整改时占了他 6 米多，当时签字他不签，说这个 6 米你给我就签。他说我哪有证呀，宅基地到东边大道，东边大道有树，是我们自家的，你们无条件拿的。我们那村干部就说你把证拿来。拿这证来就是 3 分地。我说你拿证看看，他说不给你看，但是我有证。书记说我都不用看了，你那是老宅基地，就是 3 分地，既然你拿证了，就拿证说吧，咱找评估服务重新给你评。他一听，第二天就签了。

张月学（曾任礼贤镇大马坊村党支部书记）：之前我总结，只要是涉及征地搬迁这项工作的地区，给工作带来最大阻力的是什么？就是社会上一些流言蜚语，对政府搬迁政策的误读，充斥着老百姓的耳朵、眼睛。说什么国家的搬迁政策不是一套政策，不是一视同仁，大伙儿要齐心，要跟政府对着干，要顶住，越到最后得的利益越多。

就拿我个人来说，我是这个村的书记，为了打开局面我是怎么做的？2015 年的 7 月 10 号，大兴区榆垡镇跟礼贤镇新机场征地搬迁正式启动。我是责无旁贷，我第一个签字，在我的搬迁协议上签下我自己的名字。当时我这家里人还有些情绪，我爱人，因为当时我还没有搬家，我的老母亲跟我住在一块，有很多情绪。但是没办法，我签。为了打开局面，为了破解谣言，我 7 月 11 号，也就是拆完我房子的第二天，第二天恰逢半年一次的村务公开、财务公开日，我们这边是半年一次，每年的 7 月 11 号和 1 月 11 号为财务公开日，那么我就把全体的村民代表和党员们都集中在村委会的办公室，我当着大伙儿的面说，我们家面积是 680 平米，我得到的回迁楼房是 5 套，宅基地的补偿款是 150 万，我把这情况当着大伙儿的面都一清二楚地亮了个底。另外我说你们谁要不相信，咱们现在都可以到服务公司把我个人资料复印一份贴在墙上，全村人任何人都可以看，拿手机拍照、录像、传，随便都可以，谁也不许再造我的谣，说什么书记第一个带头签了，签的是一份假协议。还有人造谣，给书记好处了，要不然书记不会傻到带这个头，给书记他们家多算面积了，多给书记钱了，书记得奖金了。我说谁再造谣我可就不答应了，我就找你好好说道说道，你这样的话是对我个人的，咱们不提对我的党性有多么地认可，你是对我个人的一种不尊重。因为每家每户你们的面积，得到的补偿款、回迁楼房都在我心里呢，每家每户的具体数字都是我亲手给确的权，没关系，这不是秘密，等到2018年的9月底之前咱们一回迁到新的住宅小区，谁家几套房全村人都很清楚，这根本不是秘密，我只不过比大家早了两年跟大家公布一下。

过去农村有句老话叫“穿衣吃饭亮家底”，我把家底先亮出来，得到了一大部分老党员、老干部的认可，说月学行，有勇气，而且胆子不小。所以这样带动了，把我们那个村搬迁任务、搬迁期往前提了一大块。我们规定时间是2015年的7月10号到8月20号42天的时间，我们就用了42天的时间，零事故、零投诉、零上访，把全村271户住宅全部就拆平了，而且没有一户是强拆的，也没有出现社会上传言的那些东西，谣言不攻自破了，说什么政府不是一套政策，不是一把尺子量到底，不是一视同仁，全都不复存在了。然后我在工作闲暇的时候，还在紧临着我们村的河北搬迁村，去跟人家要了一套河北廊坊市广阳区的搬迁政策，和我们大马坊的搬迁政策对比了一下，人家那边也是新机场红线范围内的工程。把河北跟北京的政策都对比了一下，由于咱们地域的原因，还有地类差别的原因，还有当地咱们GDP的原因，河北那边和咱们这个政策还是有一小部分区别的，所以老百姓一看很满意。

问：在搬迁过程中，榆垡镇南各庄村出现了村民集体拒绝签收搬迁同意书的事情，这些居民主要的诉求是什么？属地的干部是怎么解决的？

张国立（曾任榆垡镇副镇长）：南各庄村过去是一个乡政府的所在地，用农民的话说是镇头子。那么镇头子应该说它的宅基地是比较规范的，跟我们其他的十个村比，它是比较小的。而且相对来说经营的门脸儿、企业也是相对说集中在这个区域。当时我们感觉到有三个方面的难度：第一个，它跟别处比宅基地面积小，因为我们这次搬迁是根据宅基地面积来确权的，那么它过去历史形成的东西，就是4分地或6分地，按政策说我们不能给他扩大。其他村可能是自然村，也是历史形成的，可能它的面积要大于这个村。这是一个难度。

再一个，过去它是乡政府所在地，这个区域的人思想上要比其他村的思想相对说又高了。那么从群众思想来讲，他们的思想比较活跃，我们做工作也是增加了难度。

再说它属于老乡政府所在地，这里面聚集着产业，包括我们的二、三产业，比如说有十几家企业，然后商业，比如说小饭店、小理发馆等等这些也相对很多，所以这方面它不同于其他村。这三个方面我认为是当时我们搬迁难度比较大的三个问题所在。

在搬迁过程当中，确实有两个大队，南各庄村是四个大队，一个是三队，还有二队分别在聚集。人家说，我们要团结起来跟政府要政策。这里应该说这些人对政策方面还没有完全理解，你们团结也是对的，对政策上的问题我们一定会解释清楚。当时也有一个组织者，我们在一起还干过工作，是同事。他们队里面聚集了得有500人了。后来我知道他是组织者，我就去他们家找他。我说今天我来，我不是说非要压你，让你不去组织这个活动，我主要的目的想听一听你听到的老百姓的呼声是什么？你的想法是什么？你跟我说明白了，今天我给你解释清了，算我把你的工作做好。我没给你解释清，只能说我能力不够。他给我提了三个问题：第一个问题，这个搬迁政策上都是怎么个过程和程序的问题，既然他不明白我就给他解释。第二个问题，未来的集体资产的处置问题，我觉得他提得也对，这个集体资产是谁的呢？是广大农民的。第三个问题，未来我们的安置问题怎么解决？我觉得他说得都对。我说不就三个问题吗？我全给你一一地解释，解释完之后，你要说明白了、清楚了，那你就答应我不组织这个活动。

大约一个多小时给他解释完之后，他就说行了，我明白了，我再最后给你提个要求，你能不能答应我？你面对老百姓把这三个问题再解释一遍。我说可以，什么时间你定。他说那就今天下午，农村不有那种大场吗，他说就二队大场吧。到了下午，我说下午你得先说。他就拿起喇叭，说社员同志们，你们反映的问题我如实地和张镇长说了，我也把他叫过来，让他跟大家解释。他解释完之后，哪儿不明白的你们还可以问。我就按照这三个题，我说政策的问题无非就是三个方面：第一个，你的宅基地一平米多少钱，这有实际面积测量的。第二，凡是我们村里的集体资产，我们都按政策给予补偿，那么这个钱我们将来是不允许村里边分给农民的，我们有专业的管理账户。将来我们村上可以做一些个理财、做一些公益事业。理财的话，收入按比例分红给大家，这是政策。第三个就是安置的问题。我说可能我们大家都不太清楚，我们现在已经启动了转非安置。什么叫转非安置呢？根据各个年龄段的不同，我们分别给予转非安置，你的医保有保证，还要给你安排工作，所以说你们生活上都有保障，不是说将来我们把你的地征走了，大家没有事干。

礼贤镇辛家安村统计拆迁协议签署进度

记得当时说完了以后都鼓掌了。那个组织者就问大家都听懂了吗？说听懂了。还有问的吗？没有问的，都给解释了。最后说，从下午开始，你们分别去签协议吧。当时我没想到有这么好的效果，但是我分析，如果这三个问题我们没有给老百姓解释通的话，恐怕僵局可能还要延续下去，所以面对问题必须敢于直接去应对，耐心解释一定有成效。

问：搬迁要求的时间很短，涉及的村子、人口又比较多，而且可能还会有被老百姓误解的情况，基层干部的工作压力是不是很大？

杨彦光（曾任榆垡镇党委书记）：我们机关干部在村子里面吃，在村子里面住。7 月 10 号启动的搬迁，到 8 月 20 日结束的，正好是农村的最热的时候，蚊虫叮咬，苍蝇撞脸，满屋子飞。大家困了只能趴在桌子上，靠在沙发上，睡一小觉。吃就吃盒饭，有的条件好的在大队部找出一间房，临时拿煤气罐，在农民当中找个厨师帮你做做饭。这些屋子里面保证不了要出出进进，保证不了这些食品的安全，苍蝇都在里面。机关干部家里面都挺干净，但是到搬迁现场，到一线的时候，大家不顾忌别的了，这边苍蝇落在吃的上面，赶赶接着吃，这是什么精神！

我举个例子，我跟领导说，我们以跳远冠军为荣，与跳高冠军为伍。以跳远冠军为荣是说榆垡有个运动员叫李金哲，得到了亚运会的冠军，做我们的形象代言人，无偿给我们做了一个宣传，做榆垡人做文明人，我们以他为荣。与跳高冠军为伍，跳高冠军是什么？跳蚤。那些年轻刚毕业的大学生不知道什么是跳蚤，这个东西在城市里面已经绝迹了。但是搬迁完了这些村民家里面的猫狗找不到家了，把家拆了，他们也没带走它们，人家去租房住，怎么把狗和猫带走，留点吃的回归大自然吧。我们的搬迁干部在村支部吃剩下的这些饭，这些年轻孩子喂这些狗猫，和这些流浪狗流浪猫零距离接近的时候，跳蚤带家里面了。他们跟村干部们说，跟老领导们说，你看我这个腰部怎么一串小红包，老痒。老人说你把跳蚤带家里了。什么是跳蚤？不知道，一讲才知道了。

白天人家上班，甚至有的人，白天睡觉或者说是凑不齐，干农活去了，晚上凑齐了，我们机关干部只能晚上去。白天也不能休假，白天到白天有人的家里去，晚上去晚上家里面有人的家里去。比如说，我很感动，我们一个小姑娘还奶孩子呢，没办法，回不去，在村子里面跟着老科长们一起做工作。当时就不分昼夜了，也可能晚上到人家聊到 10 点，也可能聊到十一二点走，但是第二天早上还是要按时上班来。我到一线看到，这些人困得，歪的，两个人头靠头，靠着沙发就睡着了。大家在家里面没受过这些委屈，特别是年轻孩子，都是家里的独生子女，但是为了大项目，为了完成任务，大家这种责任感，都是拼命地干，挺感人的。最后我们利用 42 天时间，两个镇拆了 7005 户，一共涉及人员 2 万多人，这么短的时间内拆完，保证了机场项目的如期进场。

王静（曾任榆垡镇宣传部部长）：6 点多钟从家出来，一直到晚上。因为得赶紧把确权确完，然后才能做后面的搬迁补偿，所以我们为了赶这个进度，基本上每天都是工作到（夜里）一两点钟，可能有时候整宿地工作。后期我们做调解的，成宿地在说，就是为了赶进度。大概那一两个月的时间，基本上早晨我出来的时候我女儿还没醒，晚上我回家的时候她已经睡着了。那个时候她 2 岁多，不到 3 岁。保姆带着她睡，每天晚上回家我就只能看看她，给她盖盖被子什么的，然后回我自己房间。后来有一天早晨起来她听见我的声音了，突然间就坐起来了，当时说了两句什么话，弄得我觉得心里边特别难过。孩子那么小，也是很愧对孩子。搬迁的这个过程中，孩子根本管不了，我也觉得很难过，但我只能是跟着大家一起，为了赶进度。

后来没有办法，我婆婆就从外地赶过来了，说孩子你也管不了，这么累，不行的话把孩子弄走吧，我婆婆就把孩子带走了。我女儿大概在奶奶家待了 11 个月，因为民宅搬迁完了之后，还有好多非宅没有搬迁呢，整个沥沥拉拉地干了将近一年的时间。所以搬迁最忙的时候我就觉得孩子我管不了，因为周六周日也没有休息，节假日也没有，连轴转。

我在广电做记者的时候，做栏目的时候也有压力，但是那个压力是一时的，比如说我为了赶播出，可能今天会加半宿班加一宿班，等节目播出完了我就放松了，就没有压力了，而且它是阶段性的压力，不是老有压力。但是镇里不一样，镇里边是你干完了这个活，下一个活还在等着你，你干完了下一个活，下一个活又在等着你，你永远不能喘气，你的压力一直是那样高强度的。比如说你把老百姓的事谈好了弄好了拆完了，后续的问题呢？转非呢？转非又是一个问题，转非完了之后底下这些非住宅又是一个问题，非住宅完了之后，后期老百姓的包村的管理还是问题，它是一环套一环，你永远没有喘息的机会，所以我就觉得女同志到基层工作真的挺不容易的。

基本上那时候从早晨 7 点钟，到村里头，我们就一直不停地在说说说，晚上一直到一两点钟回到家，你知道回到家以后家里人再跟我说话，我真的一句话都不想说了，真是说得想吐的那种感觉。其实说话说多了以后真的伤元气，你想从早晨 7 点能说到晚上一两点钟，就是这样的，水也顾不得喝，满嘴长着溃疡，满脸长着包。而且那段时间压力特别大，体重从 120 斤飙升到 140 斤。压力大的话，到点儿大家一起坐在桌子上吃饭，一边吃一边聊工作一边想着谁家怎么怎么谈，吃着吃着就吃多了。大家在一起，压力那么大，然后还长胖，整个的内分泌也失调，整个的那几个月真是觉得，对于我来讲，人生当中这 40 年，怎么说呢？最难忘的时期。

张海香（礼贤镇民政科科长）：正好赶上夏天，这一阶段都非常非常地热，我记得我背坏了一个书包，穿坏了两双布鞋，因为每天都在走，每天都在说，而且我们是加班加点，镇里抓得非常紧。

有时候也不理解，也觉得怎么这么难，老百姓怎么这么不配合。如果要是机场不落地，你这房子能值钱吗？机场落地了，你收一笔钱，你还有楼住了，怎么大家就不理解呢？

我们是每天每个组你签约多少户，都是小红旗上墙的，你看你这组签了 5 户了，我这组才签 3 户，我肯定着急，所以我们每天就盼着拿小贴，贴上几个得了，也算我完成了。当时不是我一个人，我们大家都是有一个想法，谁也不能落在谁后头，我必须不能落在你的签约户后面，所以我们有这么一个信念，有这么一个信心，多累也觉不出累来。

因为我们机关一百多人呢，就挑我们几十人到一线，这就是领导的信任与认可，有什么理由说我不去干这件事，有什么理由说我干不好这件事？没有任何理由，就是必须要做好，必须要把这个事情完成好，都有这个坚定的信念。

问：从基层干部的角度来看，参与搬迁工作有什么收获？

王静（曾任榆垡镇宣传部部长）：我们有一个规定，过了规定期限，你签约的话是每过一天扣你 500 块钱。我们这有一家，她老公是脑血栓的后遗症，残疾了，这个媳妇之前一直很磨叽，不签，赶到最后她就晚了两天，扣她 1000 块钱。她就去村委会哭，说我也想签，但是你扣我这 1000 块钱不行。后来我们就说因为你晚了，都得扣，政策就是这么定的，如果不扣你的，那么后期还会有人说，那我也不签，我再往后赖着，反正也不扣我钱。最后没有办法，我自己从兜里拿出1000块钱，我说我给你交这个钱你赶快签，如果你不签，明天又多扣500，后天又扣1500了。所以我这个举动就感动她了，她在那儿一直哭一直哭，我就觉得可能她自己心里很痛苦，这1000块钱对她来讲很难，如果是扣她这钱，她可能就觉得心里特别难过。我说你别哭，我来帮你交这个钱，交了之后你今天赶快签，签了之后赶快选房，因为你老公残疾，走不了路，你又照顾老公，又照顾孩子，也挺不容易的，这1000块钱对于你来讲可能得挣半个月。我觉得可能女性更能感同身受，更能换位思考一下，类似于这样的事，女性可能考虑问题会更细腻一些。她特别感动，一直掉眼泪。

我那个村有一个姑娘，昨天下午还给我打电话。她是精神上有残疾，家里边也特别困难，父母都已经去世了，就她和她哥哥两个人。后来听说机场要搬迁了，有人给她哥哥介绍个媳妇，她哥哥四十多了没结婚，这个媳妇三年前带着个闺女嫁给她哥了。自从她哥娶了这个媳妇以后，她和她哥的关系就彻底破裂了，跟她嫂子之间的关系特别差。她有时候一犯了病，进去就揍她嫂子一顿，所以关系特别不好。我们在清登的时候，她嫂子就说房子就是王河（化名）的，王京（化名）一分钱都不给，什么都不给她。后来我们安排村干部把王京接到村委会，问她有什么诉求，王京说我也要钱我也要房，她自己有一个诉求，我们当时都全程录音录像。后来我们就按照政策最大化的原则，按照继承人应该享受同等的原则，去跟她嫂子谈，谈了很多轮，最后也是剑拔弩张的。给她讲了好多道理，最后同意了。所以打那儿以后，王京特别依赖我们，因为我们去给她争取了权利，最后从她嫂子手里边把她200平米的房子给她争取到了，然后带着她去选房。选房的时候我让村干部带她去，她说不行，我就得让你跟我去。怎么说呢？就觉得尽管她精神有残疾，她知道谁对她好。我说那好吧，我带着你去吧，然后就带着她去选房弄房，办相关的手续。

自从搬迁了之后，她基本上什么事，大事小事都给我打电话，包括我调回来之前，我让村里边的村干部，还有包村干部去找她，说你王姐要调走了，回头有什么事的话你就找村里头。但是不行，她有事还是给我打电话，不管什么时候，有时候夜里一两点钟打，有时候白天打，什么时候打都有可能。比如说打的时候我开会呢，她就挂了，我就赶快得给她回信息，我说我在开会，散了会给你回，如果不给她发这信息，她就会特别难过，她就会觉得你怎么不理我了，你怎么不接我电话了？特别特别地没有安全感。

所以我想，一方面是觉得这个工作很辛苦很难很累，另一方面又觉得作为她一个没有自主行为能力的人，她都知道谁对她好，我们整个这个团队对她家付出的这些辛苦她都了解，所以我觉得也还是值得的。虽然付出了很多，但是也得到了很多，对于我来讲是笔非常宝贵的财富吧。经历过搬迁这几个月以后，我觉得我心态真的平和很多，以前可能因为一点小事就会觉得自己得追求完美。

我们的老百姓比较朴实，他就是跟你真刀真枪地干，然后你给他讲明白了说明白了，他马上又调回头来了，又跟你说对不起对不起，我态度不好，不能跟您嚷嚷什么的。或者还有的就说，你看我当时没听您的，听您的我早选房早选上好的。我们可能就说，当时掰开了揉碎了跟你说不听，好房子让人选走了，然后他就说，当时真挺不好意思的，什么什么的，他会跟你找补，让你觉得你付出的这些是值得的，他懂得感恩。包括镇村的这些干部给他做的这些事，到现在老百姓都会说，我们的搬迁没吃亏，包括村里边的残疾户，这些残障人士、贫困户、五保户，没盖房子的这些人都没有吃亏。所以我们自己虽然很累很辛苦，但是觉得问心无愧，因为我把自己能说的能做的，能给大家争取的全争取到了。

张海香（礼贤镇民政科科长）：我们现在的任书记，原来是任镇长，问我们，搬迁你们有什么感觉？我说了一句话，如果在平时的工作里，可能我们半年要写一个总结，一年写两次总结，写总结的时候我就觉得我平时做了什么工作了，我有最兴奋的一个时期叫作我有成就感，半年有一次，一年有两次。但是在搬迁的时候，我们谈下一户来，我就收获了一个成果，我就有一次成就感，我 28 户都谈下来了，我就有 28 次成就感，所以我们非常荣幸。感觉我为老百姓服务了，我的付出不白付，在党委、政府的教育培养下，按照领导和政策的指导去工作，我也按时按节点完成任务了，也不愧对一个共产党员的称号，也不愧党对我培养这么多年。

张国立（曾任榆垡镇副镇长）：因为这么多人我不可能都认识，他们认识我。有时候遛弯儿，碰上人说，张镇长吗？我说你是谁？他说你忘了，你给我做过三天工作。我说你姓陈，你们家搬迁面积多少，我就跟他聊，这次搬迁你感觉到怎么样？他说挺合适的，当时他们家是 12 口人，宅基地面积小，因为咱们政策可以用人口来算，也可以用宅基地面积来算，但是宅基地面积小就不合适了，但他就转不过来弯。我说，多给房子，房子不是钱吗？是你的资产，这叫固定资产，钱是流动资金。当时他不明白，最后我给他 650 平米，按政策给的。

结果那天遛弯儿他跟我说，他说别说给我650平米房子，给我100平米房子，让我去买我依然买不起。当时的房价是1万多，那么100平米就是100多万，作为农民来讲，能拿到100多万的房子很不错。他那天说得我心里挺高兴的。那边的回迁房他们也去转转，遛弯儿去，他说这房子质量太好了，总书记都来，总书记都关心我们。他们觉得这心里热乎乎的。老百姓说这句话，我们也感觉非常热乎。为什么？咱们的搬迁工作让农民得到了利益，让农民能够顺利地回迁。

第三节 故土难离

随着老房子轰然而倒，一切的利益算计和矛盾纷争都烟消云散。旧日的时光成为最温暖的回忆，触动着人们心中最柔软的地方。田间的小路、村口的大树、柴锅里的饭菜、炕头上的乡亲，在离开故土之后，都变得无比地亲切。拆掉的是老旧的房屋和错落的村庄，拆不散的是村里那份浓浓的乡情，当人们在春节的时候重聚，老乡亲仍然是最最亲近的人。

与此同时，新生活的画卷也在一点点展开。虽然还没有搬入自家的回迁房，但暂居的楼房里，上下水、集中供暖已经让搬迁居民感受到了城市生活的种种便捷。人们希冀新的生活的到来，畅想美好生活的开始。

问：有没有人是纯粹的感情因素，不愿意离开家，不愿意搬迁的？特别是一些老人，他们会不会特别地难受，特别舍不得？

杨彦光（曾任榆垡镇党委书记）：故土难离的问题在农村确确实实存在，对于一些完全的农民，确实想搬迁，没问题。对于一些自己的子女都已经有了楼房的，把自己的父母接到自己楼房去，他不去，就喜欢住平房，所以在遇到这样问题的时候，这些老人可能是最大的阻力。年轻的孩子有楼房，但是周末都回来陪老人住，老人不愿意住楼房，愿意住平房，这是他的生活习惯，他住了几十年了，从生下来开始活到七十岁八十岁都是住平房，不习惯住楼房，认为那个楼房太小，我这个大院子，没有隔断的农村的大房子，我在这里能够睡一个好觉，你给我们一居室，住你们那个房子里面，那个房子面积太小住不习惯，这样的大有人在。他说了，我生于斯长于斯，你给的金窝银窝我不喜欢，我就喜欢我的狗窝，我就不搬。咱们的工作人员要耐心细致地做工作，转变思想观念。即便支持搬迁的老人们，在交我们钥匙的时候都是老泪纵横，一块砖一块瓦是自己的家。你给他那个存折，你给他的楼房，第一楼房没到手，不能看我的楼房，你给我的是一个几年后的楼房，第二你给我的存折，我对那个没有概念，但是我这个房子拆没了，就再也没有了。这种故土难离，对自己家的感情，在过程当中我们看了也哭，他们哭得伤心至极，这些人离开家很难。

张月学（曾任礼贤镇大马坊村党支部书记）：我这一签字，围在我身边的乡亲们、干部们、党员们，一听说我签字了，要拆我们家房子了，那都围在我们家大门前。然后我家大门前拉了一圈的警戒线，我这边签完字之后，我都没顾得到我家的院子门口再看一眼，因为有很多人围着，有不下几十人围着我，有问问题的，有需要开一些相关证明材料的，围着我就在我的办公室。然后我就在大队部的门口远远地看了我们家那房子。当时那个工程机械就高高地悬在我们家的房顶，机械抓斗，我远远看就是尘土飞扬，就是听着砖瓦木料倒塌的声音，就是“轰”的一声然后尘土就起来了，村子门口好多乡亲们都往后闪，因为太脏了。我就看到我老妈，70 多了，就在那喊，喊我，说我儿子呢，咱们家怎么拆了，这没有家了，这怎么办呀？然后老太太就哭。

我离得很远，但是街上熙熙攘攘的人群我是没敢过去，当时我想我老妈肯定饶不了我。然后我看身边绕着好多老人，老乡亲们都在哭，很多老人都眼泪汪汪的，然后我就看着我老妈慢慢慢慢坐在地上了，由我的街坊搀扶起来。毕竟在这村子里，在这院子里生活几十年了，真到这一刻，这个心里边是万分地悲痛，万分地难受。我也很难受，但是我没

礼贤镇大马坊村拆迁

走到我们家门口，我怕控制不住，因为身边还有很多人围着我。

张国江（曾任榆垡镇北化各庄村党支部书记）：当时我是第一个签约搬迁的，我就带着搬迁队去了。先拆我们老大那院去，到那就连玻璃砸了。书记说别砸，等会儿，张书记还没说两句呢，你们就给砸了。“咣咣”到那一砸，连东院带西院全砸了，当时往回走的时候，我腿都软。我那房子盖得相当好，新房，就是老大结婚在那儿住了一个月。卫生间什么的、洗浴的都有，后面一排，就住了一个月太亏了。

贾素丰（榆垡镇西宋各庄村村民）：等到交完了钥匙，像我是 7 月 22 日下午交的钥匙，7 月 23 日往后政策是拖一天就罚多少钱，他们都是在黄村，家里就剩我们老两口弄俩孩子，等到他们歇几天，我说实在是到日子了，要搬家。我们那房装修得几乎跟楼房一样，是给儿子结婚

榆垡镇东庄营村拆迁

用的，装修得特别棒，搬迁也是不好受。那感觉跟平常的心情不一样。我都没怎么照过相片，我们那阵不兴照相，没有想起来照相。我老婆婆，80 多岁了，搬了家她睡不着觉。这房子没了，这家都没了，这多少年了都没想到的事。我也是说她，你也甭想了，跟咱们这个老根据地到此结束了。这回你要过新的生活，你别有什么顾虑有什么想法，我说你就跟我们走吧。

杨秀芝（榆垡镇北化各庄村村民）：人家说一瞅拆那房子，都哭，掉眼泪。搬家搬这来，说都睡不着觉。我说我怎么都没那意识，我也没哭，我做梦也没梦见过，我说可离开那块地了，反正在家种地挺不情愿的。

老爷子他们挺怀旧的，挺别扭的。就我们那婶婆，我们都搬这住来了，我们那叔伯的小叔子都搬这来了，她自己在那老房子那都不来。又先让她娘家兄妹说她去，开车又接她去，这一来了哭哭啼啼的，她本来就是那村的娘家，她也舍不得。

房倒的时候我没看见，我们后来就把那顶子上面瓦什么的弄下来，那天我看见了。反正心里也有说不出的那种滋味，毕竟是自己辛辛苦苦盖起来的。我们是 2005 年盖的。盖那些房花了 20 来万块钱，10 间瓦房，东西厢房。那会儿我们跑运输，兜里有俩钱，一生俩儿子，得了，赶紧一人给盖几间房子，要趁着年轻，等岁数大了没那精力了。

王浩（礼贤镇大马坊村村民）：你要说谁对老家不留恋那也是瞎话。说他不愿意搬迁肯定是假的，不是实话，但是说他不留恋家乡，搬迁的时候对故土没有一点留恋，没有一种乡愁，那也是瞎话。这两种互相矛盾的心情是结合在一起的。

问：搬迁以后您生活有什么变化吗？您觉得生活中这样的变化最大的意义是什么？

程建明（榆垡镇南各庄村党总支书记）：一是收入，二确实住的方面改善了。一开始不适应，最后还是适应了，尤其是冬天取暖这块。咱们农村的平房再严实，土暖气烧好多煤，多数十五六度，达不到暖和的程度。去楼房以后又暖和了，洗澡也方便，卫生间什么的，在那吃饭都好。你像农村房赶上冬天一是取暖，二是赶上下雪扫雪。活多出好多来。费用也不低，冬天取暖买煤，一开始没有补贴的时候三四吨煤、四五吨煤都得花三千两千的。

张赞军（榆垡镇南各庄村第二党支部书记）：便宜的两千多，贵的得三四千。楼房取暖这块也差不多，费用不高。

贾素丰（榆垡镇西宋各庄村村民）：一是搬迁让经济方面提高了，消费也提高了。甭管是哪方面你在这楼房必须都有开支。就说你吃每一种水果，每一种蔬菜，米面、油盐酱醋，所有的水电、气都有开支，这个消费我觉得也够大的。

再一说我们时间短，转城市户口以后，搬到这里我们的开支不跟你们城市人似的，说我得考虑一个月挣这些工资，我孩子上学还得花钱，维持生活水平得花多少，我得省吃俭用的，我们现在的思想还没有转变过来，还是觉得大手大脚地就花钱。

赵刚（榆垡镇西宋各庄村村民）：其实在根本上生活的档次明显地有提高，肯定还是不一样。

贾素丰（榆垡镇西宋各庄村村民）：不用烧煤呀最起码。不烧秸秆，最起码安全第一了，孩子大人都放心了，这方面我觉得提高了一大部分。跟农村住家里，烧气也得加倍小心，哪个屋子要取暖都要点炉子。像我们在老家时候，每个屋都有空调，只不过是到冬天最冷的时候才开，它开支太大。在家里收入小，没这么大的收入。

杨秀芝（榆垡镇北化各庄村村民）：我最满意的，我也不用种地了，吃喝不愁了。最起码我不用惦记着可别下雹子别刮大风，把我那桃或者瓜给砸了，这一季就白辛苦了。投那么些本你也收不回来了。现在甭管是刮风下雨我心里边挺踏实的。咱说的都是大白话，我觉得都是实话。

王浩（礼贤镇大马坊村村民）：实际上这个搬迁是你个人资产的一次重新洗牌，我是这样认为。它是一次巨大利益的分配，它是一个重新洗牌的过程。有可能你原来是一个老实巴交的农民，在家就种地，老老实实守着我这块宅基地。有可能我当时是一个比较穷的，相对来说经济不是特别好的情况，但是我有足够的宅基地，这一次我哗地一下可能就成为首富，首富不能说，反正经济状况上来了。比如说我有个同学，外村的同学有这么个情况，在没搬迁之前农转非了，变成商业户口了，在外面买了楼房，单位分了楼房，就不重视这房子了。可能宅基地小，索性就卖了，出售这房子了。这样在这个过程中利益就是重新地这一洗，你可能从有钱人变成了，咱不能说没钱人，相对比这个人经济实力要低了。

张海香（礼贤镇民政科科长）：过去吧，我们上区里开会，就觉得我们从心理条件，从自身素质上跟北边的都差一大截，主要是经济水平差，跟人家北边没法比。所以机场一落地，肯定咱们环境、生活、经济上整个素质都要提升，包括我们自己的收入，将来就业方面都要扬眉吐气了，所以就感到非常兴奋。而且咱们是北京的国门，是一个形象代表。我们是礼贤人，我们将来生长在国门的旁边，那你想想，我们从心里的感觉肯定是大不一样了。

榆垡镇小店村村民生活一景

问：现在回想起自己的老家、老房子，最怀念的是什么？

贾素丰（榆垡镇西宋各庄村村民）：最留恋的主要是村里人。晚上睡不着就想老家，反正脑子里就忘不下。村里的老百姓都很熟，到哪都是老乡亲。每年像过春节，过八月十五，就过这些老节，村里的老少活动活动。我们村里一般觉得活动量还挺大的，女同志们扭秧歌、打吵子呀，就觉得那种生活也挺好的。像我们这没事了，孩子放假带着孩子去没搬迁的亲戚家，到那看看、转转。那种空气，那种环境。我闺女那就没拆，我们经常去她们那，环境都挺好的。做饭人家还是使那种大锅，做出来味儿不一样。他们（孩子们）上中学能走八里地，下雪去上学，踩着深的雪就走过去，一帮孩子走着去，带着饭中午就不回来了，等晚上带着兜回来。现在的孩子没有那种感觉。

赵刚（榆垡镇西宋各庄村村民）：其实说句具体的还是舍不得家，恋家。邻里之间这种气氛，经常在一起聚呀。给我印象最深的，我小时候大概四五岁时，村里边以前有鱼塘，过八月十五弄出很多的鱼，每家每户都分出一份，分鱼的那种场景特别好，所有人都在这围着鱼，那个感觉特别好。

最遗憾的是我孩子他们就不会再经历我们小时候经历的那些东西，恐怕他们这一辈子也不知道是什么感觉。打个比方说，去地里干活是什么感觉，小时候一群小孩出去玩是什么感觉，他们现在体会不到。说白了亲近大自然的机会很少，毕竟在城市里边那种感觉不像以前。看到人家的老房子也会想起自己的老房子。我现在最想的是我小时候我奶奶给我做一顿饭。年纪大了，做不了了，做不出那种味道了。

贾素丰（榆垡镇西宋各庄村村民）：过去都是使柴火烧大锅，现在上岁数了还想吃过去那种饭。他奶奶老跟我们讲，现在吃什么都没有味儿了。就是一样的东西，都不是跟以前一样味了，老这么说。她就老说现在吃什么是不是都打药呀，怎么什么都没有什么味呀，老是那种感觉。

程建明（榆垡镇南各庄村党总支书记）：最留恋的从生活上你像在

农村的时候有地方，有个圈子，自己家里种点菜，种点大葱，吃饭的时候饭做熟了就可以上圈子里拔两棵葱，弄点小蔬菜，上楼肯定是都得买了。二是吃完饭串串门，出门老街坊聊聊天。

那阵买点好一点的，弄个大锅一支，楼房肯定都不行了。农村大家都在大院子里说吃吃，说喝喝，楼房没法说凑一块上你们家喝去，本身地方又小，都得出去喝。农村喝点啥，家里弄点菜，夏天没有空调的时候，院子树干底下弄个桌子就可以。

张赞军（榆垡镇南各庄村第二党支部书记）：过年打吵子是个氛围，我们是初一吃完早饭就开始上各家各户转转，拜年、沟通，有氛围。2015 年年底过年我回固安住了，等于初一早上没事干了，旁边都是不认识的人。一年当中如果他们家有老人去的时间长一点，没有老人上他们家去很少。

榆垡镇东押堤村老宅院

一种氛围，特别留恋。回迁你再上人家家去，氛围环境不一样了，放不开，农村大炕待屋里聊天是一种氛围，我挺留恋。有时候做梦村里头哪个街道，合着眼能看见。种地也挺累的，那阵觉得真累，种地浇地，现在回想起来大早上起来浇地也挺好的，人嘛，贱气嘛。现在我不是住固安嘛，也骑自行车玩去，我就爱到固安下面那村，我就特意走村，转人家村，就好像跟我的家一样，毕竟土生土长在农村。

王浩（礼贤镇大马坊村村民）：最怀念的还是亲情，还是人与人之间的这种亲情的关系。现在当然我们这辈上还保持着这种亲情，实际过去农村的这种生活状态是人帮人户帮户的这种状态。比如说你盖房，盖五间房子，那你离不开老百姓乡亲们的支持，因为那会儿叫帮工，是不收费的，你们家要盖房我要给你最少出一天的工，因为盖房三天大概就起来了，将来别的那种装修慢慢地收拾是慢慢收拾的问题，三天就会把你这五间房子盖起来了，当时除瓦工、木工要收费，其他别的是不收费的。那种亲情都是白帮忙，我再忙我也要给你帮一天忙去，都是不收任何报酬的，纯帮忙。

有的老太太为什么搬迁哭晕过去？她就是思念原来的那种状态。她也清楚这个房是必须要拆的，如果不搬迁的话，这房子 5000 块钱也没人要。她是期望一种更高生活的规格，但是又对这儿的人情有一种留恋。通过这房子寄托了乡情，所以这房子倒塌的时候，有的人受不住。

问：从干部的角度来看，这次搬迁工作有没有达到我们的预期，让老百姓利益最大化，让他们对以后的生活满意？

杜志勇（曾任礼贤镇党委书记）： 搬迁的效果如何才能够评判和检验？标准是什么？是搬迁群众能否满意，满意的标准那有什么具体化没有？我说在礼贤，群众拿得出来。2015年搬迁之后，春节腊月二十三，我们敢于把被搬迁群众全都请回来，家家户户一户不落，全都请到礼贤一个大的会议室，摆了十好几桌。我们给提供场地，老百姓带点果盘、凉菜、饮料，让老百姓自带馅，自带面，自带擀面棍，到这来包饺子。包一顿饺子，大家共聚邻里之情，能够敢于做这事，这就是我们的自信。

第二能够做成这事，真能够把老百姓请回来没有出现大吵大闹，这说明什么？有时候饭好置，客难请，人请回来了吃得还很高兴很开心很舒服，就证明了我们的搬迁的效果。我敢说搬迁过程当中能够把老百姓请回来，礼贤是第一个。整个礼贤的机场搬迁工作是在老百姓的饺子宴当中结束的。同时也预示着伴随着机场的建设发展，礼贤的美好明天就会实现。

王静（曾任榆垡镇宣传部部长）： “航城组歌”，这应该是全北京市第一家，就是告诉老百姓来参与，我们未来要建新机场了，然后我们怎么发挥主人翁的精神，怎么来做，让老百姓参与，征集歌词，有这样一个氛围，这种自豪感，就是说我家要建新航城了，我应该怎么发挥自身的作用。毕竟老百姓的水平有限，当时征集的都是那种大白话的，可能有的都不是特别合辙押韵，但是也能够表现出老百姓的那种热情。后来征集的这些作品，我们请专业的词作家在原来的创作上又二度地创作加工，等于是老百姓提供一手素材，我们根据他想表达的心情，请来专业的词作家又进行创作，后来呈现了十几首曲目，来歌唱我们新机场新航城。

去年（2016 年）11 月份，“航城组歌”在大兴区妇女儿童活动中心剧场演出，区儿套班子的领导都去了。演出表现了我们整个新机场建设过程，包括有一首歌是专门唱搬迁之前的，那个是《老院》，当时很多搬迁村的书记都去现场了，真是唱得大家热泪盈眶的，就觉得它有生活，表现了搬迁之前老百姓的那种又想拆又故土难离的心情。

“航城组歌”活动现场（2016 年）

“航城组歌”这个活动从机场搬迁之前我们就一直策划，要呈现出一台原创的、就是我们榆垡人自己打造的、纯是原创的一个组歌的展演的形式，当时大概六七百人吧，那个剧场爆满，效果特别好。可能有一些比较高难度的歌曲，我们是外请了一些人，整个的合唱部分都是榆垡的老百姓，搬迁村的老百姓，所以他们觉得特别荣耀，就觉得站在那个舞台上去展现当时的那个场景，历历在目的。他参与了这个过程，演出的效果也特别好。

第五章　居民回迁

回迁结束了，农民上楼了，新的生活真正开始。虽然失去了用于耕种的土地，但是农民的双手也从碾子、镰刀上解放了出来。“上楼”让他们不再惦记农忙，有了更多时间享受生活。

搬迁首先是社会身份的转变。凡是涉及拆迁的村子，全部村民转成非农业人口，随之而来的是社会保障的变化，年轻人有社保，老年人有退休金。其次，生产方式也在转变。土地征收或者流转，村民已经没有从事农业生产的条件，新机场建设将会提供大量的工作机会，帮助失地人员就业。再次，村民们的生活方式也随之变化。从村庄搬入小区，从老宅住进楼房，生活习惯、人际交往方式等等都要重新适应城市社区的需要。

但万变之中也有不变，村集体仍然保留不变，管理村民们的日常事务，帮助他们适应各种新的变化，也帮助他们继续管理着集体财产。在变与不变之中，村民们看到的是舒适整洁的社区、便捷全面的配套设施、移植过来的村庄古树、村中老砖修建的花坛、丰富多彩的文化活动；感受到的是政府的人文关怀、村集体的组织不散、乡亲间的淳朴亲情。人们盼望的、期待的、憧憬的美好生活正向他们走来。

第一节　组织不散

2015年5月，机场红线内13个村，7005户，2万多村民，启动搬迁。2018年9月开始回迁。从搬迁到回迁，历时三年多。在生活的巨变中，没有改变的是村集体的组织形式。虽然村民成了市民，但是村集体仍然存在，各搬迁村集中办公。在回迁房建好之后，也将在社区里保留各村的办公和活动地点。村集体不但管理着村民们的日常事务，开展党建活动，同时为村民提供理财培训、职业培训等，最为重要的是，村集体仍旧管理着村民们的共同财产——村里集体企业、公用地所产生的补偿金。

村子没了，房子没了，村民各奔东西，有的到县城租房住了，有的去了房山，有的去了河北固安县。原来天天相见的老邻居，见也难了，聚一次也不容易。靠什么把大家组织起来呢？虽然村庄没有了，但村集体还在，镇村两级组织通过一系列工作机制，真正实现了“组织不散、活动不断”。

问：搬迁村整建制转非之后，村集体还存在吗？大家不住在一起了，村集体有党组织，实现了组织不散、活动不断、作用不减。村集体是怎样实行有效管理的？

张国江（曾任榆垡镇北化各庄村党支部书记）：散居情况下，村委会有个搬迁村服务中心，村委会在那办公，从周一到周五都有值班。两委班子成员每人值一天班，有事你上那去找。像我们开党员会、代表会，村民有什么事，包括通知体检都是微信群。我们有四个微信群，一个是党员群，一个代表群，一个通知群，一个村民群。每家每户必须得有一个人在微信群里头，比如说你家里三口人都会用微信，那都可以在微信群里头。通知群是专门通知，比如通知体检哪天哪天，像微信群里一开始发乱七八糟的东西，以后全都给清理了，不许在这里边发，要不然太多看不过来。

我们分四个组电话联系。比如说开会，村民代表开会，我们有个主任，专职的必须要电话通知，不能在微信群里发。有党员管理员，党员管理员就是组织会议的，这方面我们做得挺好。

张月学（曾任礼贤镇大马坊村党支部书记）： 我们村 271 户，每家每户住在哪个区域我都进行了详细的登记造册，每家每户联系方式，每个人的联系方式。因为搬迁结束之后咱们怎么做到组织不散，活动不乱，怎么做到村散心不散，怎么能让老百姓体会到党支部时时刻刻在老百姓身边，我们之后做了一系列工作。我们成立几个微信群，然后给每家每户发放了手机号，做集团业务，每个集团内部手机之间接打电话是永久免费的，4G 的号，一个手机号一年 200 块钱电话费，包年的，这笔费用由村委会党支部支出，乡亲们不用管。

然后在电脑上做了一个软件，过年过节重大节日的时候，节日祝福、问候，遇雨雪天气、暴雨天气的安全提示，都通过我们的微信群和短信平台及时发布。还有一些福利的发放，我把集团号起了名字叫连心号，起到了农村广播喇叭的作用。

因为我们大马坊村是传统文化村，文化基础好。村子拆了但是我不想文化大旗倒，我要把文化大旗高高地重新树立起来。我们联系组织，从最初的2014年的6月份有四五个人组织起纯粹的在家种地的农民，他们在一起写对联写诗。这个活动不错，我们可以天天地定到谁家，写出来之后可以互相学习一下，互相对照一下和修改一下。一直发展到现在80多人，而且在区委相关部门各级领导的关怀下，礼贤镇党委、宣传部的宣传下，咱们成立了大兴区作家协会唯一的一家分会，就放在大马坊村，成立了大兴区作家协会礼贤镇分会，2017年4月初在大马坊村正式挂牌。

礼贤镇大马坊村大拜年

现在礼贤镇的党委、政府针对搬迁村的特点临时给我们租了办公场地，过渡期，临时的办公室、会议室。另外还要开展很多相关的活动，党建这块阵地绝对不能丢，不但不能丢，而且要针对搬迁村的特点，克服搬迁村的困难，把这党建工作要搞得更加有色有声，要比常态村搞得更好。我们党建工作每个月的固定时间，10号或者11号，党员来自四面八方，进行学习，进行“三严三实”教育、“两学一做”制度化常态化的教育，还有今年北京市十二次党代会精神的传达，一项都没有落。2018年面临着我们要回迁，现在正在积极谋划。我有一个想法，2018年我怎么接乡亲们回家，这是我们目前的想法，正在进行规划。

问：村集体目前最重要的作用都有哪些？

刘志刚（榆垡镇党委书记）：村集体不撤销，农民集体财产都还存在，而且农民的各村土地它也没有完全的征完。

举个例子，我们有个村叫东宋各庄，机场征地完之后，给他们村就剩三亩地，红线外的，没有征地，这三亩地还算村集体资产。另外一个村可能剩一半的土地，那剩下那一半土地也作为村集体资产，以后怎么经营还得需要村集体的存在。所有的土地流转给政府，政府每年给他流转费。

方勇（礼贤镇镇长）：我们党委也好，政府也好，也是面临的一个课题，在农民由于搬迁变成市民以后，我们怎么管理，怎么进行服务保障。我们从前期的规划来说，也对村级服务用房这一块有很好的规划，应该说能够满足他们一些基本的需求。

村集体没有撤销，他们现在还有公产。比方说土地补偿费。一亩八万，应该说每个村都不少。大马坊这个村三千六百多亩地，然后每亩八万，这就是两三个亿。这个钱本金是不能动的，通过购买物业或者说委托贷款有一些收益，然后每年都要分给老百姓红利。并且股份都已经量化了。整建制搬迁的村股份已经固定了，你家三股还是五股都已经定好了，并且可以继承。

村集体有投资的自主权，镇里边会指导他们。现在礼贤这个地区，它没有太好的物业或者商业项目，只能是委托理财。我们也是按照区委的要求，把资金借给大兴区属的国有公司，这样的话资金本金有安全的保障，另外收益也有保障，比方说咱们去年委托理财的收益是 7%，今年不是利润往下降了嘛，今年降到 6%。基本上投资就是房地产一级开发，主要是控制风险吧，这样的话不会有什么问题，本金它也没什么问题，收益也没什么问题。

礼贤镇大马坊村大拜年

张月学（曾任礼贤镇大马坊村党支部书记）：六百七十八亩耕地，全部的变成新机场的停机坪和跑道。我在代表会和党员大会上说，咱们村虽然地没了，但是由村委会筹集资金保证咱们全村 900 多口人全年的基本生活有保障，米、面、油全部由村委会提供，半年发一次，保证咱们全村老百姓的基本生活没问题。

然后我们进行了集体资产处置。以委托贷款的形式，通过镇政府、区经管站、区相关部门的协调，通过银行委托给大兴区内国企，进行村集体资产的保值升值，收益的部分进行股份分红。目前用这种方式在保值增值的基础上，在集体积累增加的前提下让老百姓有更多的获得感。

你看八一拥军优属，我们村有这个传统，这个传统应该不下 30 多年了，对我们的现役军人和退伍军人进行慰问，基本生活保障，米、面、油慰问。九九重阳节，对 60 周岁以上的老人进行慰问，八月十五马上就要到了，对全村乡亲们进行慰问，春节之前对全村乡亲们进行慰问。虽然现在乡亲们都住得很分散，但是从 2015 年底搬迁到今年，我们组织车辆组织人力，把这些慰问品逐一地送到乡亲们的家门口，借此机会跟乡亲们见见面，聊聊天，沟通一下。我们把每家每户住在什么位置都摸得很清楚，最远住在亦庄开发区，有三户，有那么十几口人，孩子在大连。那就发一辆车过去，村干部带队，打一个电话到小区门口，把米、面、油，让他们签好字，确认一下数字，按个指纹然后领东西。这些都是用咱们村集体资产的盈利来做的。

我们 2016 年也开始分红了，今年的收益更大，明年收益还大。你看林林总总的这些福利，每家每户的手机号，我是以门牌号为主，就发一个户主用，起到广播喇叭的作用，手机号由村委会、党支部来充话费的，说白了老百姓打电话不用花钱。全年的基本生活保障，米、面、油都是村委会来负责，而且送到家里。

张国江（曾任榆垡镇北化各庄村党支部书记）：财务这块村里还是有的。像我们村工厂有 783.96 万元，这个钱在平安银行，村民也说这个钱是不是给咱们分了，这是不可以的，虽然说是公产但不能私分，国家有政策，只能用这里边 30%。有个劳龄登记，1982 年以前在村里边干过活的，每人日工资 1 块钱，为村里做出贡献的，这 1 块钱在这里面出。像我们村劳龄登记人名单、明细表，已经在 2010 年前公示了。公示完了以后在 7 月份上村代表会，代表会通过，摁手印了，公示单子都附在里头，党支部村委会又形成资金申请。这是什么意思？就是我们需要用这资金支付给老百姓劳龄登记钱，一共是 83 万多块钱。形成一个报告，盖上村委会公章，拿到政府找包片儿领导签字，找主管镇长签字。现在工厂这块只能走这么一点，别的没有。

连村庄面积算上是一千三百四十多亩地，原来是一千三百九十九亩，实际测量变化不大，红线占了五百一十亩地，其余的还剩八百多亩地。八百多亩地镇政府就流转了，流转一年 1500 块钱，五年一递增 5%。

第二节　小康生活

转变生活方式、提升居住品位，回迁房统筹考虑百姓交通出行、就医、教育、休闲娱乐、养老以及社会管理等多方面需求，合理布局各类设施场站，促进村民市民化的转变。然而，生产方式和生活习惯的改变，也给村民们带来了一定的困扰，如突然增加的财产如何支配，没有土地可种的闲暇，乡邻住得分散的疏离。对此，大兴区加强对回迁村民的宣传引导，帮助他们合理理财，组织动员他们参与小区公共管理，增强他们对小区的认同感和归属感。村民们拉起了文艺队，恢复了传统花会“吵子会”，组织“村晚”，大家在新居里又找回了村里过年的热闹感觉。

问：搬迁之后，最直接的一个变化就是财产增加了，有没有考虑过怎么使用这笔钱?

赵刚（榆垡镇西宋各庄村村民）：我想过，可能现在有几套房，自己住一套，其他租出去。剩下的钱以后可以考虑这边发展条件好了，做一些生意之类的，也经常做做理财。

贾素丰（榆垡镇西宋各庄村村民）：我们底下这俩孩子，就得考虑将来，这笔款必须得给俩孩子留点。你不能跟没搬迁时候一样，待几年孩子也要上学就得有开支，这笔款就得用。到那个时候他们要是十七八岁考大学，开支跟现在考大学的性质又不一样了，肯定开支还得大。问题现在的经济水平都高了，到那个时候自然开支给孩子们就要大一些。

王浩（礼贤镇大马坊村村民）：我们村 95% 的人把这钱都存在银行了。当时银行有一个比较优惠的政策，年息 4.5%，给了你一个优惠的存款的利率。从老百姓的角度，尤其是农民这种概念，他认为放在银行更踏实。事实也是这样，我们有几个理财的，结果弄得很狼狈，现在弄得挺不好。

可能当时那会儿社会上理财也出现了一些混乱，这也是咱们控制不了的。天天有电话，说我们这有一个什么什么项目，或者你需要不需要钱，你需要不需要理财。那肯定是需要，但是你这种理财的方式，可靠性不好说。我们周边的人95%以上没有参与到理财，有一部分可能做一些小股票，但也是很少很少的一个资金的投入，不会把你这个全部的资金压在上面。

风险一来了将来没法弄。现在咱们搬迁村的这些人，首先是求稳，在稳的基础上再寻找机会。当然有好的机会，比如说将来这机场建完了以后，随着机场的建设有一些个设施，有一些服务性的买卖，咱们老百姓在这方面投资，这是没问题。需要集资了，搞一个大型的连锁店或者什么的，这肯定是没有问题的，这是长期收入。

搬迁之前村里面就有好多发小宣传单的，给你讲收益有多高有多少。我毕竟是做财务工作的，对这东西一年的收益率有多高，一个企业投多少钱他回来多少钱，这个基本能知道，你不可能达到太高。假如这么说吧，他自己给你15%的回报率，那他的回报率最少20%以上，或者30%。因为咱们不是第一个搬迁的村，对于外界的这些消息，搬迁的消息有，毁钱的消息、败家的消息也有，这是一种经验。

这次搬迁的人基本是平稳的，他的生活质量提高了，大手大脚地花钱的没有，还是比较踏实的，不像说我一夜暴富了，有点钱不知道北了，还没有这种状况，基本上还是知道自己是怎么回事的，这个钱还是看得比较紧的。

杨秀芝（榆垡镇北化各庄村村民）：那时候怎么不想呢，一下来这么多钱，想着把它搁哪儿啊。你说农民也没有什么投资头脑，之前理财净上我们村做宣传去，拆了之后把钱存这儿那儿的。我没存，像镇里宣传车都宣传，集资、理财的都别上当。我们小区有一个跳舞的大姐，存的理财 50 万，现在都找不着人了。把钱存在国家指定的银行，利息少，但是有保证，风险小。

一开始都说上固安买房去，现在那房价涨得特快，比这也不便宜，一想家里边分了这么多房，暂时先这么着。买房暂时没那个想法了。我们刚拆完迁那阵，椿蓉园小区的房，那个时候要买房交全款每平米 9000，现在 3 万。先看看再说呗，反正存在银行吃点利息，上个班够生活费的。

礼贤镇大马坊村宣传横幅

问：村民一下拿了这么一大笔钱，镇政府或者村里的干部有没有给他们进行一些指导？有没有教他们怎么像城市人一样，去管理自己的财产？

方勇（礼贤镇镇长）：有指导，我们在搬迁的时候都会发一本书，叫《搬迁怎么办》，里面就有关于理财的相关内容，不要盲目投资，找靠谱的项目来做，比方说买房，定期的存款，等等。鼓励他们把这个钱进行定额存储，把钱都留下来，去做靠谱的投资项目。并且我们现在建的这个房子，三结合的房子，从拿到产权证或者说交完契税以后，五年之后才能上市。

因为别的乡镇，或者说别的项目出现这种糟蹋钱的情况非常多，只能是我们跟老百姓说，另外就是咱们村干部言传身教，这也非常重要，老百姓还是愿意听村干部的一些建议。从咱们镇目前的情况来看，整体还是不错，因为盲目投资受到很大损失的还真基本没有。

张国江（曾任榆垡镇北化各庄村党支部书记）：也有胡乱挥霍、赌博的，但是我们村很少。我们村输房的几乎没有，有小赌博的，输了30万几十万的就收手了，就不赌了。那个是小孩年轻人，说句良心话，家族管不了他，他赌博去了，这怎么办？反正现在没有卖房子的。就输30万、20万的就不玩了。

村里也培训他们合理理财，我们经常组织村民，这今天又去了20人。我们村的村民20人，比如今天就是理财培训，谁报名就上那培训去，培训两天。

张月学（曾任礼贤镇大马坊村党支部书记）：头搬迁之前我们村里

就去了很多家证券业那种机构，去村子里面宣传他们公司，是那种集资的性质，给老百姓发放一些小礼品，以此吸引老百姓。我就跟他们说，我说你们不认识人家，把你的手机号甚至身份证号提供给人家干什么呀？你们每家每户的手机号我还没掌握呢，你就给不认识的人。其中有两起被我把他们人和车都扣在村里，然后给派出所打电话，让派出所民警过来，让他们现场负责人把所有人身份证给我收了，把车给扣在村里。找几个村民把车围住，先别开走，到底看看车、人有没有可疑的地方。就用这种形式，当时很激动。

这帮人将近有20来个，从榆垡镇的某一个搬迁村，从那个村宣传了之后开车直接到我们村口，把车停这之后一个人负责一条马路，挨家串，敲门，送一些传单还有小礼品，然后让村民在表格上填一下名字和手机号。然后就有人跑到村委会来告诉我，村里面全是这些人，穿着统一的服装干什么呢，搅得鸡犬不宁的。我就过去了，我说你们负责人是哪个？正好当时那个村跟过来一个老人家，我也不知道是什么身份，他说没事你放心吧，刚才我们村过来的，我们村都宣传完了。我说跟谁说了？他说跟你们村干部说了。我心里就笑了，我说行了，跟我们村干部谁说了？我说你们先停，先把这宣传给我停了，把所有人召集回来。跟村干部说没用，我就是这村的书记，你们没通过镇里面的金融部门，没通过宣传部门，没通过文体中心，你们就私自进村进行宣传，这肯定是不行的。然后就闻风而至过来几个上岁数的村里的老人，说我刚才把电话告诉他们了。我说那电话都不告诉我，你告诉他们干什么！刚才给谁了，把电话要回来，而且别让他们走了。给我看着这车，往车前面一站，别动弹，别动地方，我马上给派出所打电话。派出所听了消息之后过来，我说要求把现场负责人找了，如果没人承认谁是负责人，把全体这些人的身份证都收过来，派出所有权力收身份证，我没权力，然后把车辆扣在这，说清楚。这种情况我在我们村给轰走了两拨人。

这种形式第一体现了我们对老百姓搬迁之后资金的使用、管理的关心和担心，另外让乡亲们也知道咱们村书记、村干部真是站到一块去了，这种金融风险防范，以身作则也是顶着很多压力的。

问：除了财产的增加以外，搬迁村的村民还涉及了一个身份的变化，从农村户口转成非农户口，能否介绍一下农转非的政策？

方勇（礼贤镇镇长）：他们身份现在已经变了，变成居民了。农转非，转非手续已经办完了，这个应该说对他们的生活是一个很好的保障。我们经过测算，一个人转非的费用是 80 万。主要是花在养老啊、医疗啊这些保险上，全部给他们续上了。它分几大块，一个是未成年人，16 岁以下的，或者说在接受学历教育的，费用是一个人 2 万，这是一大块。第二大块，是咱们劳动力，男的是 16 到 59 岁，女的是 16 到 49 岁，这一块，一方面是给他就业的一次性补贴，大概 10 万块钱左右，还有一个，给他补上各种保险，但是转非完成以后的保险他需要自己上。第三大块，就是属于超缴人员，就是女的 50 岁以上，男的 60 岁以上，这个直接给他领生活补贴，就像社保退休金。按照这边的标准应该是一个人每个月 1714 元。

程建明（榆垡镇南各庄村党总支书记）：给你入保险，女的从 31 开始，男的从41开始，给你找补保险。农转非签字的时候，按岁数有个比例，最多的是给补了13万。给到你个人，像我们这岁数给补10万零7000，但是保险是补了11年，从41岁开始补。后续的保险你得自己拿这十几万再交。

问：现在转非了，变成城市人了，对搬迁村村民来说，生活最大的变化是什么?

张国江（曾任榆垡镇北化各庄村党支部书记）：区别在于看病上。看病方便多了，都有医保卡。医保卡看病方便，也省钱了，这方面老百姓特别认可。我跟他们说，我说你们身份变了，什么叫身份变了？你到医院那看病，要是农合的你得交押金，要是属于北京医保的，一插卡交2000块钱齐了，完了事给你算账，你要是农保的交4000，不够还得交，这就方便多了。现在我们村的村民比较认可，都说行，咱们村比哪儿村都合适，我说只要认可就行。

赵刚（榆垡镇西宋各庄村村民）：最起码在医疗方面体现得非常明显。看病报销什么都特别地方便，感觉特别好。

贾素丰（榆垡镇西宋各庄村村民）：我觉得也还是有保障。现在每月的生活费像我们到60周岁以后的，国家政策给退休金，想得都挺周到的。每月都给，我们都属于过了岁数的，是超转人员，当时转成城市户口以后，我们就拿这1000多块钱，就等于每月生活费都有了，这就能提高生活水平了。

问：有相当一部分人没有到退休年龄，这些村民还工作吗？镇上或者村里有没有组织一些就业培训？

杨秀芝（榆垡镇北化各庄村村民）：榆垡镇这有个社保所，每个村都有就业指导员，哪有招工，大队党支部都给全体村民建一个群，像找工作、就业、医疗的都有，有什么事都会通知。我们也上点班。自己找的，就在附近这，厂子里头，给上个五险。

张国江（曾任榆垡镇北化各庄村党支部书记）：现在就在外边租房子，女同志 50 岁以上的有退休金，男同志 60 岁以上的有退休金。其余 40 岁、50 岁的人员可以就业。

我跟他们说，虽然咱们搬迁了，农业转非农业户口了，但是给你部分钱，像 5 万到 8 万也好，岁数小一点 10 多万块钱，这 10 多万块钱让你交保险的。如果你找地上班，工作单位也给你上五险。上五险什么意思？你挣 2000 块钱工资再给你上五险合 3000 多了。不要说我搬迁有钱了就不上班了，那不对。你不上班一个月也要交 1000 块钱保险，你自己交。如果你上班了，这 1000 块钱有人给你交了，单位还给你钱，这账你要算明白。现在我们村有 10 多个身体不好的没上班，剩下的都上班了。大部分当保安，有几个跟消防外面干活的，问他们都是上五险。

张月学（曾任礼贤镇大马坊村党支部书记）：镇里面的社保科、宣传部，搬迁完之后针对搬迁村失地农民、40 到 50 岁的劳动力人员，举办了多次有针对性的现场招聘活动。因为这些人有什么特点啊，第一没有技能，第二没有文凭。绿化、保洁、叉车这些针对失地农民进行的培训，免费的培训。

在全村劳动力的总数上我们现在就业率已经高达百分之八十几了。我们通过村里面跟相关科室进行积极的沟通，比如说 2016 年春节前，我得知民政需要有残疾证人员去一些企业工作，待遇还不错，有保险。我第一时间就把这机会拿到手，因为我们 2015 年 11 月 30 号之前整建制的转非安置结束，村的身份现在是非粮农家庭、市民，所以我说你用我们这些人。转非结束，这些人身份好界定，符合企业要求的有残疾证的人员在我们村里选出 15 人，残疾等级是肢残还是智残，还是眼睛，符合人家要求，输送到这些相关企业 15 个残疾人。他们家属非常高兴，有基本工资收入，生活保障，还有五险一金。所以我就想尽各种办法，只要听见有这种消息，就会去试一下，去争取一下，类似这些小事。

搬迁村首场就业招聘会

问：一方面在工作上，从干农活变成了现在的工人或者服务业从业者；另一方面从社会交往、生活方式上，肯定也有变化了。目前村民们适应了这种城市生活了吗?

王静（曾任榆垡镇宣传部部长）：当然和以往在农村住不一样了，农村住推开谁家门都直接可以进了，也不用敲门，都是敞着门的那种，都是夜不闭户的。但是到了楼房以后可能就不一样了，都住楼房，上谁家去可能得提前给人家打个电话，看人家有没有人，方便不方便，可能会有一些和农村时候的不方便、不一样。但是毕竟已经是转非了，自然会经历这种由农民到市民的转变。

我后来也去过几个搬迁户的家，他们租住在榆垡的新城家园里边，我觉得他们转变还是挺快的，你到家里边一看收拾得也挺干净。因为原来在农村的时候，进家没有人会换拖鞋，从外边院里进来就直接到屋里边了，地上从外边走的土可能就弄进来了，没有穿拖鞋的习惯，或者是家里边也不太收拾。但是我后来去过几个户，我觉得家里边收拾得也和城里边一样，有的买了跑步机，买了自行车（健身器材）放在客厅里边，也会骑一骑，锻炼锻炼，因为不干农活了，觉得身体很重要。

不像前些年，我听说最早一批的搬迁村，搬迁了以后，把自己的墙柜、什么棒子（玉米）、麦子都搬到楼上去，然后婚丧嫁娶在楼底下摆桌席那种。我们这边还没有这种情况，基本上那些老的东西就全淘汰了，搬到楼房全都换的新的东西，就和城里人没什么区别。

杨秀芝（榆垡镇北化各庄村村民）：邻居都不认识，人家好像是外地在这买的房，见面出来出去地打个招呼。楼上楼下还凑合，都是我们搬迁地方附近村的。是别扭，一开始我们来了也是，老二放学也不出去玩，就在屋里玩电脑玩手机。等来了一年多，慢慢楼上楼下都熟点了，最起码都是我们那附近村里搬迁过来的，都在这边租的房，熟悉点的还敢让上下边玩来。住楼房就是没有那种老乡亲的氛围了。

现在像我们村的高跷也有人玩，过年的时候就得两村合起来一块演。之前都在村子里边，现在孩子们都上班了，有的一开工了都上班去了，没功夫了。高跷也需要功夫，蹬那么高也不好练。

张赞军（榆垡镇南各庄村第二党支部书记）：首先氛围没有，过年的氛围再想找不可能了，找这种氛围，没有了。包括现在红白喜事，以前村里离不开我们，现在这氛围就没有了。村里头那会儿有红事放炮，都知道了，有白事大伙儿一传，不用放炮都去了，这种氛围，都是这样的，现在只能说电话通知，不熟的人你也别电话通知人家，不是花钱嘛，不是那氛围。

程建明（榆垡镇南各庄村党总支书记）：原来院里搭个棚，现在都是去饭店了，家里没有那么大地。住哪的都有。

王静（曾任榆垡镇宣传部部长）：在农村，它不是单一的文化活动，比如说武吵子，我们是 2014 年入选了国家级非物质文化遗产名录。每个村每个社区它不是单一的文化活动，比如说搬到楼里边，可能武吵子就不好来排练了，但是我们可以在镇里边的文化广场，我们有活动的地点，我们是把几个村归纳成一个分的剧场，分的中心，镇里边有镇里的剧场，有镇里的文化广场，其他的村可能四五个村聚到一起，村里边也有村级的剧场，然后划成几个片。这样的话，武吵子排练，包括非遗的什么秧歌会、舞龙舞狮、传统秧歌、高跷，就吹吹打打响的这种，适合在农村的，我们整个还延续。

比如说搬迁村的这些，村民已经上楼了，他可能不具备练高跷、练武吵子的条件，我们就组织一些不太扰民的，噪音不是很大的，适合城市的活动。我们现在有舞蹈队，有交谊舞队，有广场舞队，有合唱队。舞蹈团跳的一些广场舞还在区里获奖，交谊舞、广场舞、京剧团、合唱团，包括城里新航城的艺术团，里边也都有舞蹈、小品、相声、朗诵，所以说老百姓的生活还是很丰富的。搬迁村整个有它的一个聚集点，搬迁这十几个村有他们单独的一个活动场所，每天几点到几点，他们一块会去跳广场舞，会打吵子，他们有自己的活动场地。

榆垡镇搬迁上楼后首届新春文化庙会（2018 年）

问：回迁房小区是由哪些单位设计施工的？有什么特点？

左东明（曾任新机场建设服务中心主任）：新机场建设前期规划的时候，有一个重要方面就是咱们新民居。我们围绕着新机场的建设，要建成一个国际一流的国际机场，那么作为周边的环境建设，要把农村城镇化工作做好。我们安排了一个叫新农村新民居的设计竞赛，也是通过这个来使我们下一步的新民居的工程建设，能让老百姓更满意，让老百姓看到下一步他们搬到新社区，确实从建设风格、建设的特色，以及市政配套，都能看到前景是非常好的，所以也是为征地搬迁做好基础工作。竞赛设计是面向社会进行设计单位的报名，参加的单位应该说有十多个设计单位，最后的设计效果也都是非常不错的，为新民居的建设提供了很好的参考设计方案。

曹辉（新航城公司总经理）：新航城公司承担的新机场安置房一期项目，涉及榆垡、礼贤两个镇，建设规模是 195 万平米，136 栋楼，大概是 1.5 万户。考虑到机场是国家重大战略工程，做好搬迁老百姓的回迁、安置工作具有非常重要的政治意义，特别是习总书记对老百姓的搬迁、回迁有明确指示和要求，“要确保不留后遗症”。所以我们在安置房整体的规划建设上还是很超前的，从选址到规划设计理念再到房屋的设计方案等，都多次征求被搬迁百姓意见，切实做到谁的房子谁做主。

在选址方面，回迁安置房当初选址是有充分考虑的，我们就是本着要把最好的位置留给百姓，所以选择了把两个镇交通比较便利、基础设施条件相对好的地块留出来，给老百姓建设安置房。

从设计的理念上来讲，我们也是超前考虑，按照新时期的以人为本，考虑老百姓生活便利，特别是他们从农村到城市，从农民变身居民以后，生活方式和原来会有比较大的差异，所以我们在规划中小学配套各方面都是按照规划指标要求的上限去考虑。另外为了让百姓生活更加便利，我们还设计了专门的绿色步道供老百姓使用，还有周边配套的交通等，对这些都进行了充分的考虑，在这些细节问题上做了很多研究，多次征求了镇村的意见。

从传承文化的角度，我们和镇里头配合在搬迁过程中预留了一部分老的树木、物件，将来我们会支持镇里头建立村史展览展示馆，然后把老物件，特别是一些比较漂亮的树，移植到小区里，把它充分利用起来。这一系列的工作应该说都是从设计理念上就进行了创新，对我们来讲也是一个比较好的实践。另外，对照绿建二星的标准要求进行建设、海绵城市的雨洪工程处理、节能减排、在安置房应用太阳能系统，等等，这些理念也是充分考虑到提升老百姓的生活居住水平。

在建筑标准上，我们是按照绿色建筑二星标准建的安置房。应该说在大兴区这么多年的搬迁过程中，这个项目的安置房标准是最高的，建设的标准得到了市政府领导的大力支持。

另外，在建设过程中也是请老百姓多次到安置房现场参观，多次征求相关镇、村搬迁老百姓的意见等。

这项工作（安置房项目建设）对保证新机场的顺利建设具有重大的支撑意义，下阶段，我们还面临着明年（2018 年）老百姓回迁，我们也是提前着手，今年已经开始和镇里配合拿回迁的方案，全力保证这项工作（新机场红线内搬迁）能够做到善始善终，确保为临空经济区的建设奠定一个好的基础。

问：在回迁小区建设过程中，村民们通过什么方式监督施工质量？在整个回迁房建设和组织回迁的过程中村委会起到了哪些作用？对于目前的回迁房村民们满意吗？还有没有需要改善的地方？

杜俊芬（榆垡镇郭家务村党支部委员）：咱们有质量监督员，每个村都有。随时可以去，就是上工地检查质量。到最后咱们聘请的第三方。肯定得好好看呀，就得在这住一辈子，不是一辈了，祖祖代代你就得在这生活了，质量要保障的，机场这个建筑企业都是全国竞标的，质量还行吧。建好后以村为单位组织回迁，一村或者一天或者两天。所有的村干部回迁那天全上这，全程陪同，全都在这现场办公。给你钥匙之后，物业的人，还有他们建筑公司的都要跟你去家里看，带着你，让你确认看你这屋里有什么质量问题，当时就能提出来。物业公司都是统一的。

我觉得质量还行吧。最起码这墙刮得我看质量还行。配套还得完善，马路都没弄完。其他还行吧，有他下车库，也挺便民的。还有充电桩，农村肯定也有三轮车什么的，都有充电桩，不要在楼里充电。小区里面有公园，有休闲的地方。那肯定不能和原来村里比了，咱村里肯定地方要比这地方大得多了，这里是有限的。规划里配套都有，但是还没有兑现呢。那阵组织人大代表给他们提意见了，建设公司老总也参加了，就是说你这个医院、学校、幼儿园应该跟这个回迁小区同步进行，他说土地没批准什么的。

榆垡镇空港新苑小区（2018 年）

杨剑杰（榆垡镇西宋各庄村党支部委员）：拿钥匙那天，住自己的楼房了，肯定是高兴。我在楼上面一拉窗帘，好家伙，感觉这家伙进了云间似的。五年物业都是免费的。安全措施还可以，绝对没问题。监控基本上都有。单元门有，公园里有，楼梯也有。现在就都在装修，刷脸系统现在没法那么弄，都是刚开始。我感觉光我那片的物业，服务态度还可以，有什么事儿打电话，及时到，哪坏了及时给你维修。修不了的人家上报开发商也好，总包也好，人家来人给你修来，我觉得服务态度确实可以。规划是都有的，配套现在正在建呢。每个楼一个楼长。

刘京然（榆垡镇北化各庄村党支部书记）：应该是一个人负责一个楼。后来专门有一人给我打电话，他说您以后再有事直接给我打电话，我是管你这楼的。咱们政府也给弄了十家装修公司，就是上面都有保障的，每家公司交了三十万的押金，保质金。但是老百姓用得都很少，都是自己找自己信任的人装修。我主要就是要高层，阳光遮不着就行，所以说我的房最矮的是十层，最高的是十七层，腾云驾雾，前天早晨一看，基本上这雾都在下面。有一套楼下面就是学校、幼儿园，那套楼下面还有个敬老院，就是早晨老人去那吃饭什么的，玩的。进门都刷脸，现在不那么完善，应该建好了以后没问题。

礼贤镇礼贤家园小区（2018 年）

李江海（榆垡镇东宋各庄村党支部书记）：通知大家，政府告诉咱们怎么办，咱们就是听政府的安排，它的要求咱们往下传达，告诉老百姓，把老百姓约过来，我们就起这么一个作用。有不明白的，我们就领人去，带着去。还没有业委会，应该还成立不了。物业办事效率有点慢。

问：拆迁之前咱们家里面的生活条件怎么样，主要收入靠哪方面？

刘京然（榆垡镇北化各庄村党支部书记）：那会儿在农村都是靠农产品，像我们村就是以大棚果蔬为主，经济条件当然都是很一般，这一年反正收入三五万块钱就不错了。

杨剑杰（榆垡镇西宋各庄村党支部委员）：我们家也是以种地为主，在外面也上个班，就是填补一些家用。一年有两万多块钱。

问：拆迁了以后对咱们这个经济上影响大不大？

刘京然（榆垡镇北化各庄村党支部书记）：相当大，太大了。我这感受是最深的。我两个儿子，在农村来说，甭说别的，就说现在结婚肯定得要套楼房，这是肯定的，都是这个趋势。假如不是这次拆迁，我恐怕我挣到死，我也不可能给我两个儿子每人弄一套楼房，但是通过这次拆迁，最起码我每个儿子能分到两套楼房了，还有我自己单独的两套楼房，这是肯定的了。在钱上更甭说，哪家在拆完迁以后都得少了少了剩个一两百万是有的。车肯定都换了，最起码我们爷仨一人一辆车现在。这方面的确是变化太大了。

杨剑杰（榆垡镇西宋各庄村党支部委员）：拆迁以后首先这个生活

上富裕了，比较好了，就是现在你手里面有钱了，想吃个什么看个什么可以买了，那会儿都得是算计着，你本身那会儿是一年的收入就两万多块钱，开销也很大，供孩子上学，米面油盐都得买，现在手里面最起码有点钱了，不那么受约束了，又添了一辆车。

问：拆迁的最后结果跟您当时的预期基本上已经算吻合上了，是吧？

刘京然（榆垡镇北化各庄村党支部书记）：对，但是我感觉，对我来说，我感觉比我预期的要高。我开始的预期就是每个儿子能有一套房，让我手里能剩个百八十万，我肯定拆。为什么？我在家种地，我不可能给我每个儿子买一套楼房，我没那么大本事。

问：感觉住楼房跟住原来院子有什么变化吗？

杨剑杰（榆垡镇西宋各庄村党支部委员）：变化太大了。首先冬天取暖的问题。那会儿在院子里自己家时候，自己烧，而且又不环保，弄煤。现在环保管得比较严，像我们家那会儿还得烧炕烧柴火，那会儿不让烧，你现在住楼房了，取暖问题你不用操心了。上个卫生间，老人那会儿不方便，现在全部解决了。

刘京然（榆垡镇北化各庄村党支部书记）：主要就老人这方面太方便了。居住环境改善好了，随时洗澡，这个是最好的了。能随时洗澡，每天晚上像过去老人要想洗个澡，还得我们带着去洗澡堂。

问：从平房住到楼房里，有什么不适应？

刘京然（榆垡镇北化各庄村党支部书记）：唯一的不适应，我就感觉我爸懒了。在平房住的时候，没事吃完饭还能出去溜达溜达呢，最起码，不溜达他还能上趟厕所。现在倒好，上厕所都不用下楼了，我唯一的感觉现在就是他懒了，我妈一直在说他。过得太舒服了不爱动弹了，对老人身体不好。

第三节　美好愿景

机场红线内村民搬迁完成以后，机场筹建工作并没有结束，政府各部门立即投入到了下一轮的紧张工作中。地上物要全部清空，建设工人的生活需求要有所保障，新机场的配套工程要加紧建设，最为重要的是规划新机场周边区域的未来发展蓝图。临空经济区将成为京津冀一体化下的区域性临空产业聚集区，成为环境优化、职住平衡、产业升级的新区域。搬迁村的村民们也将在以先进理念和环保节能技术建设的回迁小区里，开启他们人生中崭新的生活。

问：在搬迁以后的这几年里，在机场建设方面，区政府以及机场办都做了哪些工作?

邵恒（曾兼任北京新机场建设大兴区筹备办主任）：机场对外宣布的开工时间是 2014 年的 12 月份，我们搬迁是 2015 年开始的，怎么回事呢？就是在没有搬迁前，我们找一个空地，就是能进场了先让他进去。因为他要抢时间，要进行地质的勘探等等的，有很多基础工作，所以跟建设单位就有很多关系要协调。

虽然我们把民宅四十多天都拆完了，但这里边的个别的一些在土地里的，比如说苗圃，一些果园，一些农业的设施，可能还因为补偿的一些问题，还没有走。还有厂房、企业、单位，很复杂，不是那么整齐的，说在四十多天大家就全推倒了。那这个时候机场集团要把网子围起来怎么办？这里边就有大量的工作需要我们去协调。

新机场建设服务保障动员大会授旗仪式（2015 年 5 月 6 日）

来自市政府，包括市机场办，包括国家领导小组也有很多工作要求。原则上应该说都是要在重要的时间节点提前完成的。可以说大兴区作为征地搬迁的主体，我们想方设法为他们争取了很多时间。

比如说施工的临时用水用电，原来农业的那些井，一些道路的设施，我们都给它保留好了，相关的部门，还有两个镇，跟机场集团一起研究，哪些道路咱别给它破坏了，哪些井咱们给它保留好，施工的临时用水什么的都能用得上。所以我们做了大量的这些服务保障工作，这个工作由区机场办统筹牵头。

每个阶段有每个阶段的重点，现在这个机场办，它有这么几个重点：一个是服务、保障机场建设。协调工作要继续做，因为现在机场建设进入了攻坚阶段了，航站楼的主体就要封顶封围了。那它还有很多配套的设施，还有这些主航空公司的基地，它还要进场还要施工，反正围绕着2019年飞机试航起飞最后这个关门的时间节点，前边大量的工作就要配合。有事只要找到咱们机场办，机场办就要把这个事接过来，要想办法去解决。有些事不是机场办能够直接办的，那就要协调区里头，甚至于有些事区级层面解决不了的，要向市机场办来反映汇报，给解决，这是常规要做的。

第二，就是现在工作转段，由当时的红线内的征地搬迁这个中心转到一个什么阶段呢？就是现在临空经济区开始做规划。一些对这个地区经济有巨大拉动作用的临空产业的这种项目洽谈。机场落地以后，它还有很多的管理的部分要落地，比如说空管、安检、一些商业配套服务设施，等等，这些都要过来，也需要我们机场办去给它做好这种协调配合的工作。再比如说我们当时跟老百姓说的，这个机场建成了以后，年轻人都要实现高品质高质量的就业，那么航空公司都需要哪方面的人，我们就要定单式地培训。组织培训，为下一步的农村劳动力的就业提供岗位等这些工作，现在都要开始做了。

第三，还有一个重要的工作就是噪音区噪声治理，还得拆，我们初步测算了一下，还得有19个村。军用机场在榆垡，在新机场的西边，所以受这两个机场综合的影响，我们有一个噪声影响图，按照环保部的标准，噪声影响的治理标准，我们拿这个图一划，还要有这么多村下一步搬迁。应该是在2019年机场正式运营起飞之前，就要给它拆了，否则的话，不就形成不稳定因素了吗？噪声区里面分类，一类二类三类敏感建筑。什么叫敏感建筑呀？住宅、医院、学校，这都属于不能在八十分贝以上的这个范围的，但是临空经济区的产业，比如物流、飞机的维修服务、商业、写字楼那是可以的。所以后期还有大量的建设工作。

许玉增（曾任北京新机场建设大兴区筹备办副主任）：机场建设期间，机场办主要的任务就是保障机场顺利建设，这里边主要包括了：第一，基础设施的建设。前期水电气热基础设施的建设要保障，还包括道路。从哪儿进料？从哪一条路过来？建设过程当中会有大量的这种运输，路的承载力、桥梁的承载力，对周边村庄的噪音的影响等等这些方面我们都要考虑，实际上是做好一个服务保障工作。

第二就是做好一个协调。跟老百姓之间，这么大规模的建设势必也会影响到群众的生产生活，所以大量的工作还是要跟地方政府，榆垡、礼贤两个镇共同地来做好周边的群众的工作，让大家共同地努力来支持这个机场建设。

第三个方面就是要协调廊坊，协调河北方面共同建设。因为新机场里边有一部分是河北的区域，所以，我们还要协同河北来进行这方面的一些建设，来保证步调一致，在手续办理各个方面，提供一些基础性的东西。

第四个方面主要是建设过程当中的秩序问题。比方机场里边的安全问题，由北京市委托大兴来实施的。所以这个安全检查也是非常重要的，都由大兴区负责。涉及一些小商小贩，需要我们城管、派出所、公安来解决这个问题。维护秩序也是大兴的一些职责。

关于临空经济区，我们实际上在前期规划临空经济区的过程当中，应该说发挥了重要的作用，和规划部门一起，一次一次听方案，一次一次修改，一次一次提出合理化的建议，包括区里边领导都很重视，多轮听取意见，我们机场办实际是作为一个平台的作用，就是一个统筹的作用。

刘长江（北京新机场建设大兴区筹备办副主任）：随着村庄的搬迁结束以后，我们紧接着还有土地的腾退。光把村子拆了不行，还有好几万亩地呢，里边有树、井、电力、专业管线、通信设施，这些都得给它弄出去，大兴拆了房子以后，同步我们就开始做地上物的搬迁腾退，把这个地给腾干净了，这是一个。

再有一个就是建设的保障。因为你的工程队施工单位进来以后，主要有这么几个问题需要解决，一个是用水的问题，生活用水和施工用水，再一个就是施工期间的临时用电，再有一个就是这些施工人员的人口管理。当时我们提出来叫全方位地要保障他的临时用水、用电、用路，包括垃圾处理。再有一个目标就是让施工人员要在他的用地范围内进行生活居住和工作，不要出来，出来对我们周边的村庄的管控就形成冲击。实践证明，我们这个办法，当时这个举措，效果还是很好的，没有把周边的村给弄乱。

在工地里边建生活点，叫职工生活点，在生活点里面我们给他建保障超市，生活的配套设施。医疗什么的都有，我们定期要进行疾病防控，送医送药。这就是我们主要协调的，医药卫生是由卫计委来保障，水由水务局来保障，电由供电系统来保障，路由公共交通来保障。

北京新机场飞行区强夯现场（2015 年 10 月 29 日）

问：临空经济区的规划应该说起步得很早，在新机场落地之前，就已经同步地在规划周围的产业布局了，能否简单介绍一下规划的理念？

左东明（曾任新机场建设服务中心主任）：我们机场办就是配合新机场红线以里的规划以及它外围的规划做研究，一共做了 11 项规划研究。

一个是请中航院做了一个新航城总体的概念性规划研究，主要是为了指导今后大兴如何建三个城，一个是亦庄新城，还有大兴新城和新航城。我们围绕着新航城的发展，怎么把概念性规划做好，这是第一个规划。

后边我们又做了十个规划研究，包括环保方面的、土地利用方面的研究，包括产业规划研究，新农村新民居的规划研究，以及中轴路产业布局及交通线配套，对将来进驻机场的交通设施也做了规划研究。特别是围绕着北京的四个中心定位，全国政治中心、文化中心、科技（创新）中心以及国际交往中心，特别是围绕着国际交往中心，怎么更好地打造北京世界城市，在规划研究这方面做了大量的工作。

围绕着北京首都的功能定位，特别是围绕着国际交往中心这么一个前提，一个是功能疏解，怎么把我们北京南区规划好，我们请清华规划院做了这么一个中轴线的规划。他们提出了一个“绿心”的概念，绿心主要是在咱们城南要建大面积的绿地公园，实际现在南海子公园也是在这一个片区里面，这是一个统筹的考虑。

产业规划研究也是考虑到京津冀如何协同发展。包括将来下一步机场建成以后的物流园区，物流园区正处于大兴新机场的东北这么一个方向上，大兴有一部分，更多的应该说都在廊坊广阳这个区域里面，物流这个区域是这么一个布局。那么我们统筹考虑，围绕着京津冀一体化功能疏解，围绕着京津冀的产业发展，考虑应该是要以北京为龙头，来带动河北和天津，把北京的新机场和天津的滨海机场，以及廊坊，怎么更好地进行对接，把产业功能定位布局好，这样就是要海陆空来协调。

原来雄安新区没有定的时候，还考虑到通过霸州引一条机场高速，这样从河北、天津、唐山到咱们新机场，这边都在安排交通的布局，包括铁路方面的。那么雄安新区确立以后，这个布局应该说更科学了，也更合理了，这样能使京津冀的产业功能定位，应该说布得更好。

实际我们重点还是围绕着产业规划做研究，特别是习总书记来北京视察讲话以后，应该说北京的产业布局也有所调整。原来我们是请民航规划院来做，民航规划院是民航局下面一个规划院，主要做了大量的机场周边规划研究的工作。我们借助他们做了一个机场周边的产业规划研究方案，他们也提出了一些非常适合机场周边发展的产业，主要也提出了一个高端制造业。再有就是我们对外交往的一些商业，以及配套的一些航空公司的产业布局。

在习总书记讲话以后，我们的规划进行了调整，主要是制造业要退出，我们主要在国门商务、国际交往，以及综合保税，或者说自由贸易，在这些高精尖产业方面做一些规划布局。再一个，雄安新区定位以后，要围绕的就是从我们西南这个方向上，怎么更好地来布局我们产业方向，应该说这也是在民航规划的基础上有比较大的调整。

作为机场办的同志，也确实围绕着下一步新机场如何能带动周边经济社会发展，有很多的想法，通过 11 项规划研究做了一些基础性的工作，但是也没有完全做到落实。作为新航城的功能布局，我们原来的想法是把榆垡镇作为新航城的中心城区来建设，礼贤这个镇作为产业布局来定位，第三个想法就是围绕着庞各庄、魏善庄、安定，这三个新城的结合部的三个镇，从产业布局上、协同上，把这三个镇作为航空小镇来定位，这么一个总体布局。

关于新航城的中心城区，原来考虑围绕着老京开路南北向，作为新航城中心城区的南北主街道。东西方向的就是现在的榆垡镇镇政府南侧的这个东西路，这么一横一纵两条主路来布局。我们还想搞一个国际招标，来把中心城区进行概念性规划研究，对它进行总体的规划布局，这样今后建设就会按照规划来落地，把新航城的行政事业，包括一些社会事业，教育、行政都集中在这一片区。原来想把礼贤搬迁的这些村民都集中到榆垡片区来安排，这样把社会事业都集中在原来京开路两侧以及大广高速东西来安排城区的布局。

礼贤应该说离机场比较近，把农民安置集中到榆垡片区以后，这边就腾出了大量的土地，为我们的产业布局腾出了空间。围绕着新机场的总体规划布局，应该说我们区规委、市规委，包括市发改委、大兴区委和区政府也都做了大量的工作，市里面的领导也很重视。原来我们考虑中轴路的布局就是围绕着国际交往，打造一个国门商务区，这是我们一个产业布局的重点。这一片区总体的想法就是围绕国门商务、国际交往这些高端的行业来配套。

西边是城区，东边是产业，北边的三个镇，庞各庄、魏善庄、安定，都是非常好的位置。魏善庄在中轴线上，以国门商务打造国际总部基地。庞各庄在京开高速路上，交通非常便利，离机场也非常近，也是大兴区发展和建设非常快的一个镇，发展五星级酒店，现在又提出了一个高端的健康养老产业。安定生态环境应该说也还是不错，古桑园每年都有节庆活动，离机场也是比较近。如何打造小镇的产业未来，做好产业的发展定位，包括疏解机场周边的产业，解决好机场及周边的就业人员的居住问题，是这三个镇的工作重点。

应该说有这么一个大的想法，落地起来难度也非常大，需要更多的方方面面的认同，以及做大量的工作，基本就是这么一个大的框架构想。

曹辉（新航城公司总经理）：从临空经济区总体规划来讲，临空区的规划是 2016 年的 8 月份国家发改委得到了国务院的批复下发的规划。因为机场是跨省的，这样的话它规划的总面积是 150 平方公里，其中北京部分是 50 平方公里，河北部分是 100 平方公里。北京部分和河北交界这块主要是以综合保税、物流、现代服务业为主。北京部分分成东区和西区两块，东区在礼贤，大约是 30 平方公里左右，西区在榆垡原来镇区这个位置，大约 20 平方公里。另外，河北在永清、固安的范围还有一个 50 平方公里，这个主要以高技术制造业为主。新机场临空经济区北京部分按照规划的要求是以产业为主，所以我们也进行了一些前期的产业研究，围绕着新机场的枢纽，这儿的产业布局还是以临空产业、现代服务业、河北部分的高科技制造业，这几个板块为主要内容，现在我们也在进一步学习研究它对副中心的服务和支撑作用。

从机场定位来讲，首都机场应该说是一个城市机场，而且，首都机场的临空区是逐步建立起来的，是随着航站楼的扩建逐步确立，所以它的产业是逐步形成的，而且现在来看还是以制造和物流为主要的内容，有一部分综保的内容。北京新机场有更多对京津冀的辐射带动作用，所以我们给它的定位是一个区域机场。一开始就进行了整体的规划安排，要按照当前临空区机场圈层理论的话，机场周边区域的临空产业形态会更突出。而且，按照中央对北京市的四个定位要求，涉及的一些制造环节的内容可能就更多地向河北和天津进行布局，北京部分可能更多的是会展、综保和现代服务业这些内容。它本身建设的背景和它服务的区域与首都机场那个时代的发展其实都有很大的不同。应该说叫国家战略的一个重要支点，所以我们现在结合十九大精神也在学习，怎么去提高认识，进一步把机场临空经济区建设好。

从临空经济区产业布局来讲，产业规划的圈层现在基本上是这样，红线里头基本是民航系统的办公和服务的区域，红线外面，北京部分主要是两块，50 平方公里，河北那边是 100 平方公里，它那个 100 平方公里和咱们礼贤这块有一部分是连成一体的。在临空区的圈子里主要是综合保税、物流，还有一些临空的飞机制造、维修、培训、国际金融、商业服务业，河北部分可能会有制造，我们这边是以现代服务业为主。再外围的就是，北京部分涉及庞各庄、魏善庄和安定这三个镇，我们也是想围绕着临空经济区把三个镇的功能定位重新进行梳理，未来它的规划和基础设施的水平也要进行一定的调整。

前期，我们已经提前进行了产业规划的研究，最近又在细化布局的研究，再配合规划落图。在产业规划研究方面，首先临空形态这是必需的，因为这个枢纽机场一开始就是 4 条跑道，货运量要大得多，国际交通枢纽的作用是比较突出的。除了发挥枢纽的作用，我们认为，还要借着它的枢纽作用，对于临空经济范畴内的一些物流，临空经济涉及的飞机维修、相关配套，比如航食、航空人员的国际级的培训等，包括综保的功能都要落在这儿，这是优先要考虑的。

另外，随着人流和物流的聚集，资金流（国际金融），肯定是一个重要的内容和板块。在国家发改委对临空区的规划布局里提到了京交会的会址，比如在临空经济区里配合枢纽机场的会展功能和一些商务功能也是我们重点考虑的内容。这样的话，总部的功能，以及现代服务业的其他服务功能在这里要重点考虑。

此外，机场的生活配套未来可能在河北和北京部分都会有安排，因为将来东航、南航都要逐步迁过来，而且这个机场的规模要大于首都机场的规模，随着交通枢纽的重要作用的发挥，为机场服务人员提供保障也是我们这个区域要承担的一个主要的功能。结合国际上大型交通枢纽周边的发展经验，一些高端的国际教育、国际医疗，为旅游服务的功能在这儿也会有体现。

从产业对区域经济的带动效应来讲，临空经济区的规划审批，当时国家发改委是这么考虑的：建设面积是150平方公里，但是规划管理的范围是1000平方公里，北京部分包括北京南部大兴的南五镇，也就是除了机场所在地榆垡和礼贤，还包括庞各庄、安定和魏善庄，河北部分包括永清、固安和廊坊广安区的一部分，因为它也是在统筹整体来考虑这个区域的布局。所以我们要考虑它对北京和河北周边地区、周边乡镇基础设施和配套项目的拉动。按照现在城乡统筹的要求，我们也要进行提前的规划和设计。大片的征转农民的集体用地，将来也要去研究它的使用，有可能种成绿色树林，同时我们也在研究，上万亩的农用土地怎么能够更好地发挥它的景观作用和它的商业作用。具体建设实施的内容可能还是要随着机场建成逐步向外扩展，因为现在有些新的产业，我们在建设的时候，可能还是要留白，要考虑一些新的产业的布局和调整，不会像过去似的，一个开发区十年八年定了，一下子都建完了，我们可能会按照科学一些的理念，随着新的对产业布局的要求，逐步地开始建设。

问：随着临空经济区的落地，人口肯定有一个较大规模的增长，很多人也会担心，这种经济区的建设最后又变成房地产开发了，目前的规划中是怎么处理房地产和产业开发的关系？怎么来保持职住平衡？

曹辉（新航城公司总经理）：现在因为规划（临空经济区控规）还没有最后落图，所以对这个区域开展产业前期研究时，做了一个大概的考虑，这个区域房地产开发用地可能会非常少，粗略测算了一下，居住用地大概 80% 是机场工作人员的生活保障和回迁百姓的安置。里头（临空经济区）很多房地产项目的配置是以公租房公寓为主，当然商业部分也会有很多酒店的配置，这是为机场和这个区域服务的。所以在这里头（临空经济区），我们对商品房的安排，从北京市在规划编制的时候就已经考虑到，我们在研究的时候也是希望有些住的问题能不能统筹来进行解决，因为现在固安已经形成了大量的房地产开发。

在房地产开发的实质上，也是随着机场的工作逐步来推动，这次民航生活保障基地，它的一期，北京市也只先给它安排了十几公顷，也是让它根据自己的需求逐步地推动，这也是在充分地总结了过去亦庄、黄村城市开发的经验上来进行设计的。

此外，财政没有资金，土地得先开发，拿到钱以后再配套基础设施。这次还是按照职住平衡来考虑，我们把产业和配套的居住设施的基础设施建设同步推进，让它尽量地去均衡发展，这样对整个建设项目的推动能相对科学。

刘长江（北京新机场建设大兴区筹备办副主任）：不搞房地产，这个我们早就提出来，国家规划中也明确了。居住用房主要要给在这个地区就业的人居住。不是以房地产为产业的一个地区。这样避免什么呢？因为我们土地资源有限，要形成高端化的服务业，得有一个良好的社会环境做支撑，生态也好，人文也好，这些环境要不好的话，你不可能搞高端服务业，出现脏乱差、拥挤、城市病，都不可能的。

想达到这个目标，你得把人口控制住，怎么来控制人口呢？首先要靠房子来控制，如果你什么也没干，先搞两个平方公里的商品房，那几万人就来了，结果将来你的就业人群来了以后没地方住，被迫你还得摊大饼，还得扩大你的城市规模，那就重新走回老路了，城市病又来了，这是个问题。

榆垡镇空港新苑小区（2018 年 9 月）

问：如何让周围的老百姓能从临空经济区的发展里获益？这方面在我们进行规划的时候有什么样的考虑？

左东明（曾任新机场建设服务中心主任）：关于农民的就业问题，第一块是现有的土地如何按照北京的政策，改善环境，增加绿化，田园景观应该在这些方面做好。老百姓有耕地的，让他能够经营好。

第二个方面，应该说就是围绕着新机场的产业布局，如何充分地利用好我们农民的劳动力。但是他们只能做一些粗放的就业，像保洁、绿化，像这些方面，我们有些五〇、六〇的农民做起来还比较适合。当然说在国际机场周边还需要我们这些五〇、六〇人员，要进行很好的培训，才能把我们的就业做得更好。

第三个方面，解决农民的就业就是围绕着北京产业功能定位，特别是围绕着亦庄开发区，怎么能使年轻的劳动力来到周边进行就业，以及这些年轻的同志如何进驻，围绕着机场的一些高端业态和产业，航空公司里面工作也好。应该从这三个方面来解决我们本地农民的就业问题。

当然市委、市政府，包括我们区委、区政府肯定要在这些方面制定一些扶持政策、引导政策，鼓励农民多方就业，也鼓励有知识的这些年轻人到一些比较高精尖的产业方面来就业。再有，也可以说第四个方面就是自己自主创业，年轻同志也可以自主创业。

杨彦光（曾任榆垡镇党委书记）：我们人劳部门，我们的属地政府也在教农民观念转变，文化委搞活动，人劳部门做培训。未来机场要吸纳大量的劳动力，过去他们搞农业种植还可以，是他们的长项，未来有可能在机场实现就业，他们的技能就不足了。人劳部门，人力社保局给他们做技能的培训，包括农委做农民观念的提升培训，包括一些相关的部门，会同属地政府关注关心这些农民。我们也曾提出来，未来要实现这些农民的更多的就业，只有就业到一个新的环境下，才能改变，社会是一个大课堂，来改变他们的观念。这是一个平台、一个契机，不能让这些人形成一个怪圈，我拿到搬迁款，我去做一些不理智的消费和没有保障的理财，包括最后花光吃尽，以后又形成了新的社会包袱。

在这种情况下，我们想提供更多的就业岗位，比如过去我跟属地提，农民的就业习惯和企业的就业习惯有着很大的差距，农民的就业可能是早上干两个小时农活，天凉快了再干两个小时。我们提出的平原绿化造林，绿色就业岗位，保洁队伍岗位，我们镇区另外能不能开辟出一些公益岗位，这些都可以。上午干两个小时到三个小时，大家就放假了，下午凉快再干，按照农民的就业习惯量身打造特殊的岗位，让他们不能形成懒人习惯、懒人思想，最后只是玩儿了，对于社会的稳定造成的影响也很大。在这一点上，我们榆垡在努力。

两个镇搬迁后总体需要解决的就业岗位有三五千个。为什么？因为确确实实有一些人过去从事农业劳动，但他年岁已经大了，本来他就想再干一年干不动了就不干了。农民本来年轻人已经没有了，我们往前推十年，农村就没有剩余劳动力补充了。一些农村的孩子考上学了读书，没考上学就业，或者说是参军，真正从学校出来就回到农村家里务农的微乎其微，十几年前就很少有这样的人。社会上提供的就业岗位，北京有特殊的优势，特别是大兴区有亦庄经济技术开发区，开发区给大学生提供了许许多多的就业岗位，社会有这么多的就业岗位，大家都出去就业了，真正从事一产的农民也很少了。从事一产的农民里面，年岁大的人也属于该休闲了，子女都有工资，自己又得到搬迁款。那些还具备劳动能力的人，我们做这些人的工作，改变这些人的观念，让这些人形成属地的就业。真正这些人到其他的一些规范的生产线里面去就业还是有难度的。这些年大兴区也是种了二十多万亩的平原人造林，这些平原人造林需要一些人管护，这些岗位叫作绿色就业岗位。这些岗位能够吸纳许多农民就业岗位，解决一大部分。

现在新航城只是一个平台公司，等未来新航城形成规模以后，可能还要若干年，若干年以后有可能吸纳这个地区的人，有可能一部分回流的人，在外面有学历了，形成就业了，家里面这次搬迁就在我们属地。未来我们也想在这方面和这些企业包括我们机场集团谈，优先用属地的人员，将来形成这种平衡，给社会减少压力。

杜志勇（曾任礼贤镇党委书记）：对于征地农民，咱们区委、区政府有一个总体的考虑或者叫“四有”，有组织、有岗位、有保障、有资产。有组织就是党的组织，村庄拆了但是党组织不散、人心不散、活动不断、服务不断，这是有组织。有保障是什么呢？比如说在转出的过程当中现金都是足额，应该说解除老百姓转非之后的后顾之忧。有岗位就是要安排转岗，这块应该说前期有基础，后期有照顾。前期的基础就是我们礼贤跟区里面共同成立了礼贤农业农民劳动培训机构，培养培训老百姓实际的就业技能。比如有家电组，根据将来新机场经济的方向，有叉车司机、电工，都提前搞了农民就业培训，而且颁发一些证书，增加他将来就业的机会和能力，这方面前期都是免费培训，让老百姓能够获得一些就业的技能，做了大量的基础工作。

刘志刚（榆垡镇党委书记）：我们安排再就业的压力不大，但也是千方百计地提升就业，这也是我们承诺给百姓的一个重要的事项，确实说机场搬迁，应该让谁最受益？还是让村民最受益，怎么让村民最受益？

举个例子，现在中航油就注册在我们榆垡，他招聘的加油员每个月工资就能拿到五千块钱，普普通通的一个加油站加油员现在的工资大概是三千左右，效益稍微差一点的可能连三千都达不到。这样的话，通过这种机场建设，不同层次的岗位，这只是一个简单的工作岗位，加油员技术含量不是特别高，就能够让百姓的就业的质量提高了一块，这也是我们很欣慰的。我们通过这段时间的农民技能培训，农民技能提升，也在不间断地做这方面的事情。

机场里面光是从事简单生产的岗位，比如保洁、叉车司机，这种工作岗位以后就能提供三万个。但榆垡现在总人口是六万五，大数六万五，实际上劳动力两万八，但是还有一些年轻人都在外面工作，剩下在家种地的基本能拿到退休工资，现在女的50岁就退休了，她就能拿到退休工资，所以说剩下一部分可能就是很小一部分，就解决真真正正在家种地的，还具有劳动能力的这部分人。我们对他们还要进行免费的技能培训，包括就业观念提升，然后找一些绿化岗位，小区的物业，比如说清扫保洁，我们把一些兜底性的、公益性的岗位还会设置一些给他们。

问：展望一下未来，您对这个区域未来的发展有什么样的期许？

刘志刚（榆垡镇党委书记）：榆垡肯定要迎来一个大发展的历史性

的机遇，为什么这么说呢？民航红线里占了我们10个平方公里，榆垡是136平方公里，它占了10个平方公里。周边的所谓噪音区，我们还要做噪音区治理、噪音区搬迁，符合噪音区搬迁规划的，能搬迁的就搬迁，噪音影响稍微小一点的，还会做噪音区的治理。

围绕着机场周边，我们要建大面积的森林，要实现森林环抱下的机场。榆垡136平方公里的土地，大概21万亩，我们现在有一半以上的林地面积，所以说榆垡的林地资源生态优势特别明显，“绿水青山就是金山银山”，习近平总书记的这种理念在我们榆垡得到一个彻底的贯彻。近三年，光是平原造林这一块，我们就新增3万亩的林地，沿永定河流域，我们全部平原造林绿化，而且都是高品质的平原造林，大绿大美，建若干个高品质的森林公园。

同时镇区，今后也是临空经济区的核心区，它会发展跟临空经济相关的一些产业，我们现在也下先手棋，打主动仗，把镇区现在原有的生产制造型企业做疏解，疏解之后，为下一步临空经济产业到榆垡的落地做好准备。这个地区今后要发展临空产业总部型的基地，高品质的住宅，区域性的金融中心，这些都有可能在这个区域实现。

榆垡的优势在哪儿？虽然离机场很近，但是离噪音区很远。前面有野生动物园，野生动物园其实是一个很好的项目，它凭借着原始的次生林，原始的林带，做的这么一个原生态的项目，现在社会影响，包括它的热度都非常好。榆垡的东部是森林，中间就是下一步的一个新的城市临空经济区，规划居住人口可能是四五十万左右，这么一个新型的镇区，下一步可能还有几十万的人要进来。

榆垡的西半部还有若干保留村，下一步我们准备以最美乡村为抓手，逐个村逐个村去提升环境，让保留村有一个更好的生态环境作为支撑。这样的话，榆垡整个三片合为一体，成为一个特别休闲，经济也特别发达，百姓生活特别悠闲的区域，我相信这也是所有老百姓的一个心愿，谁都想钱多活少离家近的工作，这个是我总挂在嘴边的三条工作的幸福观。以后这么大一个机场在这儿，今后还会发展高品质的临空产业，打造高品质的区域环境，我相信最终受益的还是当地的百姓。

今天有一部分人可能不理解，明天这部分人就会少一些，再过几天会更少一些，所以咱们得不断努力，终有一天大多数人，甚至是绝大多数人会认可咱们今天所干的事，会认可壮大集体经济给大家带来的好处，而不是说总想着自己多抢建一些，多抢占一些，多种几棵树，多得几个钱，而是更想着把整个村集体的经济发展得更好，让整个的镇域环境、村域环境更好，让所有的百姓得到最终的益处。

在城里住也是这样，同样一个小区，你那个小区素质低，我这个小区人的素质就高，到市场上挂牌都不是一个价。但是怎么努力？还得靠咱们自己的努力，不能说你这儿素质不高，我这儿素质也不高，咱们小区整体素质就能高，那不可能的事，还得靠大家共同地努力，众人拾柴火焰高。把农村集体经济这块不断地壮大，不断地搞活，不断地提升它的自我成长的机制，以主人翁的身份让这个区域更好，让广大农村更好。

任喜军（礼贤镇党委书记）：未来按照我个人的测算，机场红线以及机场高速五纵两横都要进入礼贤，减出去之后，加上临空经济区，我们 96 个平方公里，最后大概能剩不到 50 个平方公里。区政府同意了，我们正在与区规划分局协调礼贤镇远期的规划设计，因为对一个地方来说，一个美好的远景要通过规划来实现。但是，目前来说还是要全力以赴保证机场的建设，为什么？机场建设正如火如荼，2019 年我们达到通航的条件，可是我们配套外围的这些基础的设施，交通路网，水电气热都要进入礼贤，所以说我们首要的任务还是服务、保障机场建设。但是具体的今后的发展，我想肯定是一产只是少部分了，还是大力打造高端的商务区，依托这个来实现礼贤经济的腾飞，特别是第三产业，加强三产推进，使老百姓能增加就业岗位，使老百姓共同富裕，这是我们的愿望。

另外按照大兴区三年行动计划，也结合党的十九大精神，要振兴农村这个战略，我们要通过三年的努力，把我们所谓规划当中没有确定搬迁的，也就是未搬迁村的发展定位为打造美丽乡村。先把街道干净起来，村容村貌整洁起来，绿化美化起来，使老百姓能够舒心地生活，还是得回到我们过去的年代，不是要追求谁家多么地富有，还是要追求邻里的和睦，一个村庄内的人要团结互助。比如我小时候谁家要盖房，四邻五舍都得来帮助，有垒砖的，有和泥的，还得约定俗成，村庄自治，还有村民公约，来维护。过去建房不是说谁想盖多高就盖多高，邻里之间有一个约定俗成的，所以说还是要回到过去。生活是每个家庭一步步走过来的，但是邻里的和睦、村庄的整洁，还得通过我们用三年的努力，把老百姓对美好生活的向往一步步达成。通过我们的努力，通过我们机场落地，我相信礼贤的发展会越来越好，礼贤老百姓的生活，日子一天比一天强，这是我们的愿望。现在能够体现到，有几个数据。过去礼贤镇是一个基础非常薄弱的农业大镇，通过我们机场落地之后，我们有 19 个村在股份分红，我们一共 45 个村，再拆掉若干个村，剩不了多少村，老百姓的日子会越来越好，这是我的希望，我也相信能做到。

张海香（礼贤镇民政科科长）：天更蓝，人更美，生活更好，环境更美，生活条件会越来越优越。而且到我这个年龄，再有三年就退休了，肯定那时候我带着我的儿孙们，开着车，2019 年咱的飞机就起飞了，我们到机场周边去逛一逛，给他讲一讲现在的美好生活，讲一讲今昔对比，原来那些比较困难的生活。孩子们开着车，上着班，没有环境污染，没有雾霾，而且咱机场规划得比较超前，我可以从那个通道直接上飞机了，我的吃喝住娱乐更方便，而且将来像我这个年龄，我都想归敬老院了，敬老院的条件比现在的敬老院条件优越得多。记得我看了一部电影叫《飞越老人院》，我想将来敬老院就像《飞越老人院》的那种管理方式去管理，觉得一切非常美好，因为这个蓝图绘制得非常美，我们真的就是去享受。

大事记

北京大兴国际机场筹建大事记（2003—2019）

2003 年

是年，国家发展改革委相关文件提出：尽早组织专门力量开展北京第二机场的选址论证工作。

2006 年

是年，北京新机场选址论证工作启动。

2008 年

3 月，大兴区发改委成立新机场建设服务中心。

11 月 28 日，《北京新机场选址报告》通过国家发改委组织的专家评审会的评审，初步确定选址于北京市大兴区南各庄。

2010 年

是年，《北京新机场预可研报告》编制工作启动。

12 月 23 日，经民航局批准，首都机场集团成立北京新机场建设指挥部（以下简称“机场指挥部”）。

12 月，大兴区成立北京新机场建设前期工作领导小组，下设办公室。

2011 年

11 月 28 日，民航局、中央军委、北京市签署《北京新机场建设和空军南苑机场搬迁框架协议》。

2012 年

1 月，《北京新机场预可研报告》编制完成并上报国家评审。

8 月 6 日，大兴区成立北京新机场建设工作领导小组，下设办公室。

8 月 7 日，大兴区成立北京新机场征地搬迁总指挥部。

8 月，《北京新机场可研报告》编制工作启动。

10 月 23 日，北京新航城控股有限公司在大兴区工商分局注册成立。

11 月 28 日，国务院常务会议审议通过《北京新机场预可研报告》。

12 月 22 日，国务院、中央军委发文同意建设北京新机场。

2013 年

2 月 20 日，北京新机场建设大兴区筹备办公室获北京市编办批准设立，5 月正式成立。

2 月 26 日，国家北京新机场建设领导小组正式成立并召开第一次会议。

3 月 26 日，北京市协调推进北京新机场建设工作领导小组、北京市新机场建设总指挥部、北京市协调推进新机场建设工作办公室宣布成立(4 月 18 日下发正式文件）；北京市新机场建设总指挥部召开第一次会议。

6 月 20 日，大兴区召开北京大兴国际机场建设工作领导小组第一次会议。

6 月 27 日，北京市新机场建设总指挥部第二次会议召开。

7 月 4 日，国家北京新机场建设领导小组第二次会议召开。

7 月 11 日，民航局、北京市、河北省北京新机场建设三方协调联席会议机制正式建立。

10 月 23 日，北京市新机场建设总指挥部第三次会议召开。

2014 年

1 月 23 日，国家北京新机场建设领导小组第三次会议召开。

2 月 17 日至 28 日，大兴区开展北京新机场项目环境影响评价公众参与（第一阶段）工作。

2 月 20 日，北京市新机场建设总指挥部第四次会议召开。

3 月 19 日至 4 月 1 日，大兴区开展北京新机场项目环境影响评价公众参与（第二阶段）和社会稳定性风险评价公众参与工作。

4 月 10 日，大兴区召开北京大兴国际机场建设工作领导小组第二次会议。

5 月 14 日，北京市新机场建设总指挥部第五次会议召开。

5 月 29 日，国家北京新机场建设领导小组第四次会议召开。

6 月 19 日，环保部批复北京新机场环境影响评价报告。

6 月 27 日，《北京新机场可研报告》编制完成并正式上报国务院。

7 月 30 日，国务院常务会议原则通过了《北京新机场可研报告》。

9 月 4 日，中央政治局会议原则通过了《北京新机场可研报告》。

9 月 23 日，北京市新机场建设总指挥部第六次会议召开。

10 月 14 日，大兴区召开北京大兴国际机场建设工作领导小组第三次会议。

10 月 30 日，国家北京新机场建设领导小组第五次会议召开。

11 月 22 日，国家发改委正式批复《北京新机场可研报告》。

12 月 26 日，北京新机场项目开工奠基，正式启动工程建设。

12 月 31 日，天堂河（北京段）新机场改线（一期）工程开工建设。

2015 年

1 月 8 日，大兴区召开北京大兴国际机场建设工作领导小组第四次会议。

3 月 6 日，北京市新机场建设总指挥部第七次会议召开。

5 月 6 日，大兴区召开北京大兴国际机场服务保障动员大会，正式启动北京新机场项目征地搬迁工作。

5 月 20 日，启动北京新机场项目征地搬迁入户清登工作。

6 月 24 日，大兴区水务局发布公告，“天堂河”更名“永兴河”。

7 月 10 日，启动北京新机场征地搬迁签约，同步推进安置房选房，至 8 月 20 日动迁期结束，民宅签约率 99.8%，至 9 月 11 日完成全部民宅签约。

7 月 30 日，国家北京新机场建设领导小组第六次会议召开。

8 月 6 日，北京市新机场建设总指挥部第八次会议召开。

9 月 26 日，北京新机场项目航站区启动建设。

12 月 30 日，北京新机场安置房（一期）举行奠基仪式，启动建设。

2016 年

2 月 23 日，大兴区召开北京大兴国际机场建设工作领导小组第五次会议。

4 月 8 日，北京市新机场建设总指挥部第九次会议召开。

6 月 30 日，完成新机场主体工程全部供地任务，施工现场将实行全封闭式管理。

7 月 28 日，国家北京新机场建设领导小组第七次会议召开。

8 月 5 日，北京市新机场建设总指挥部第十次会议召开。

8 月，临空经济区规划获得国务院批复。

9 月 20 日，北京新机场航站楼工程地下混凝土结构提前 10 天实现封顶。

10 月 12 日，北京新机场工作区工程正式开工。

10 月 18 日，永兴河实现功能切换，正式通水。

2017 年

2 月 23 日，中共中央总书记，国家主席，中央军委主席习近平考察了北京新机场建设和新机场安置房工程。

3 月 16 日，北京新机场航站楼工程实现混凝土结构封顶。

3 月 20 日，北京市新机场建设总指挥部第十一次会议召开。

3 月 24 日，国家北京新机场建设领导小组第八次会议召开。

6 月 30 日，北京新机场航站楼工程顺利实现钢结构封顶。

12 月 20 日，国家北京新机场建设领导小组第九次会议召开。

12 月 31 日，北京新机场航站楼核心区工程实现功能性封顶封围。

2018 年

1 月 24 日，大兴区正式启动实施北京大兴国际机场噪声区和周边综合治理（北京部分）项目，并成立了大兴机场噪声治理总指挥部和五个分指挥部。

3 月 8 日，北京市新机场建设总指挥部第十二次会议召开。

3 月 13 日，民航局成立北京新机场建设及运营筹备领导小组并召开第一次会议。

6 月 25 日，大兴区召开区北京新机场建设领导小组第六次会议暨服务保障北京新机场建设通航工作部署会。

7 月 6 日，北京新机场建设与运营筹备攻坚动员会召开，明确北京新机场将在 2019 年 6 月 30 日竣工，9 月 30 日投入运营。

7 月 18 日，启动噪声区和周边综合治理（北京部分）入户清登。

7 月 23 日，首都机场集团成立北京新机场管理中心。

8 月 20 日，正式启动噪声区和周边综合治理（北京部分）拆迁签约、选房工作。

8 月 28 日，民航北京新机场建设及运营筹备领导小组第二次会议召开。

9 月 14 日，经党中央、国务院同意，北京新机场被正式命名为“北京大兴国际机场”。

9 月 15 日，启动北京大兴国际机场安置房一期回迁工作，至 9 月底完成全部回迁。

9 月 18 日，噪声区和周边综合治理（北京部分）动迁期结束，基本完成民宅拆迁工作，12 月底前完成拆迁村民转非安置。

9 月 27 日，国家北京新机场建设领导小组第十次会议召开。

12 月 17 日，民航北京大兴国际机场建设及运营筹备领导小组第三次会议召开。

12 月 26 日，飞行区 4 条跑道全部贯通，启动助航灯光调试。

2019 年

1 月 22 日，北京大兴国际机场启动校飞工作，至 2 月 24 日圆满结束，比预计提前 19 天完成。

3 月 13 日，北京市新机场建设总指挥部第十三次会议召开。

4 月 16 日，民航北京大兴国际机场建设及运营筹备领导小组第四次会议召开。

5 月 13 日，北京大兴国际机场完成第一次真机试飞。

6 月 30 日，北京大兴国际机场如期实现全部竣工。

7 月 19 日，北京大兴国际机场开展第一次综合演练。

7 月 23 日，民航北京大兴国际机场建设及运营筹备领导小组第五次会议召开。

7 月 28 日，北京大兴国际机场启动第二阶段校飞、真机试飞工作。同日，北京大兴国际机场噪声区及周边综合治理安置房启动建设。

8 月 2 日，北京大兴国际机场开展第二次综合演练。

8 月 16 日，北京大兴国际机场开展第三次综合演练。

8 月 23 日，北京大兴国际机场开展第四次综合演练。

8 月 30 日，北京大兴国际机场开展第五次综合演练。

9 月底前，计划正式通航。

附录

学科

附录

附录一 致信 宣传口号

致祁各庄村村民的一封信

各位祁各庄村村民朋友们：

咱们盼望已久的新机场祁各庄村征地拆迁工作已全面启动，7 月 10 日开始进入动迁阶段。北京新机场建设项目举世瞩目，受到社会各界的广泛关注，目前项目建设已进入到关键时期，周边配套工程陆续实施，特别是北京新机场高速公路工程项目建设进入到最后阶段，该项目不仅承担着拉动区域经济增长、服务沿线群众的任务，还是外界通往北京新机场、大兴新航城以及临空经济产业区的交通要道。

在这次征地拆迁中，我们将本着“公平、公正、公开”的原则，严格执行《北京新机场高速公路工程项目（礼贤段）住宅、非住宅及地上物拆迁补偿实施方案》中的政策标准，严格规范程序，依法实施拆迁，切实保障被拆迁人的合法权益。

根据政策规定，本次拆迁被拆迁人在8月18日前搬迁的，分三个阶段享受不同的工程配合奖励。即：在第一阶段（7月14日至7月25日）完成搬迁的村民，享受全部工程配合奖（10万元）；第二阶段（7月26日至8月6日）每天扣除500元；第三阶段（8月7日至8月18日）在每天扣除500元的基础上每天增扣100元；8月18日后搬迁的，不享受此项奖励及分院政策、未建房奖励等奖励政策，个人将遭受重大损失。希望被拆迁人早签字，早搬迁，多争取奖励资金，确保自己合法利益最大化。

本次拆迁继续实行“先签约、先排号、先选房”的优惠政策，先签约的被拆迁户将成为实实在在的受益者。希望您能够切实算好经济账，早签约早选房，挑选到好户型、好楼层，不仅提升自身生活品质，而且楼房未来升值空间大，大大增加了固定资产的收益。此外，本次被拆迁户按照拆迁安置政策，在每户的购房面积确定后，可在礼贤镇机场一期回迁安置房的富余房源中选房，也可在二期回迁安置指定房源中选择。购房款依据售房合同中确定的面积据实结算，多退少补。

这次拆迁政策经过大兴区人民政府专题会议审议通过，并在大兴区住房和城乡建设委员会备案。政策是刚性的、明确的，已充分考虑到咱们群众的利益，不可能做任何变动。请您不要听信传言，观望等待；不听谣、不信谣、不传谣，有问题直接向村委会或镇村工作组咨询。要提高警惕，不上当，不受骗，避免自己经济利益受损失和承担相应的法律责任。

祁各庄村的村民朋友们，拆迁是人生大事，请大家认真对待，合理预期，算好自家的经济账，提前做好准备工作，争取在动迁期开始后早日签约，将自家合法利益最大化，高高兴兴迈向新生活！

礼贤镇人民政府

2018 年 7 月

致北京新机场噪声区治理和周边综合治理项目区村民的一封信

各位村民朋友们：

北京新机场建设项目举世瞩目，受到社会各界的广泛关注，目前项目建设已进入到关键时期，周边配套工程陆续实施，广大被搬迁村村民的生活质量实现了质的飞跃。

此次北京新机场噪声区治理和周边综合治理项目，涉及噪声在75分贝以上的村庄，具体到我镇共有西里河村、东梁各庄村、西梁各庄村、前杨各庄村、后杨各庄村、石柱子村、东白疃村7个村。从现状来看，村庄位于机场北侧，因机场项目及线性工程征地等原因，此次涉及的7个村中，大部分村都因前期项目征地造成村庄被分割，群众出行、生产生活均受到一定程度的影响。从长远来看，新机场通航后，咱们7个村均处于未来空中廊道范围内，飞机起飞降落所形成的噪声，将对我们的生活有很大影响。机场航空噪声与其他城市区域环境噪声有显著不同，飞机噪声来自空中，地面地形、遮挡等不能使其衰减。飞机噪声的时间特性也很特别，一般持续30—60秒左右，以飞机起降频次约5—10分钟为例，机场周边地区每隔5—10分钟会出现一次30—60秒的飞机噪声。据相关研究，人们对这种安静环境中出现的短时持续噪声会感到非常不舒适，它对身体健康也可能带来一定的影响。从规划方面说，根据掌握的情况，未来还有部分工程可能在咱们这几个村实施，将对我们的生活造成更大的影响。

因此，考虑到咱们几个村面临的困难状况，镇党委、政府积极争取上级支持，通过各方面的努力，市、区两级党委、政府最终决定对噪音在 75 分贝以上的村进行搬迁腾退，并给予资金和政策上的支持。可以说这个机会来之不易，十分难得，如果本次不进行搬迁，咱们村民将会错失机遇，遭受损失，承担未搬迁带来的种种不便和困扰。

为此，我们将以尊重村民意愿为前提启动噪声治理项目下的搬迁腾退工作，并本着“公平、公正”的原则，严格执行相关政策标准，严格规范程序，切实保障被搬迁人的合法权益，希望您积极予以配合。

本次搬迁腾退将沿用新机场搬迁的补偿标准，实行“先签约、先选房”的优惠政策，先签约的被搬迁户将成为实实在在的受益者。希望您能够切实算好经济账，早签约早选房，挑选到好户型、好楼层，不仅提升自身生活品质，而且楼房未来升值空间大，大大增加了固定资产的收益。此外，本次被搬迁户按照搬迁安置政策，在每户的购房面积确定后，可在礼贤镇机场一期回迁安置房的富余房源中选房，也可在二期回迁安置指定房源中选房。购房款依据售房合同中确定的面积据实结算，多退少补。

本次搬迁腾退，与大马坊、辛家安、贺南三个村一样，将按照“逢拆必转”的原则，对村庄现有农业户籍人口实施整建制转非安置。在办理转非自谋职业手续后，根据劳动力的年龄不同，可领取一次性就业安置补助费及自谋职业奖励。

本次搬迁腾退政策将参照新机场政策执行，经过大兴区人民政府专题会议审议通过，并在大兴区住房和城乡建设委员会备案。政策是刚性的、明确的，已充分考虑到咱们群众的利益，不可能做任何变动。请您不要听信传言，观望等待；不听谣、不信谣、不传谣，有问题直接向村委会或镇村工作组咨询。要提高警惕，不上当，不受骗，避免自己经济利益受损失和承担相应的法律责任。

各位村民朋友们，搬迁是人生大事，请大家认真对待，合理预期，算好自家的经济账，提前做好准备工作，争取在动迁期开始后早日签约，将自家合法利益最大化，高高兴兴迈向新生活！

礼贤镇人民政府

2018 年 7 月

噪音区搬迁腾退宣传口号

1. 政策公开透明 程序公正合法
2. 一把尺子量到底 全体村民都满意
3. 村庄搬迁腾退是新机场噪音区百姓最大的福祉
4. 扎实做好噪音区搬迁腾退 全力保障搬迁村民今后的幸福生活
5. 民本搬迁展和谐 优化环境促发展
6. 搬迁腾退美家园 合理安置公开算
7. 先拆先搬得实惠 后拆后搬不沾光
8. 搬迁政策是根本 真诚服务是保障
9. 既要搬迁快速度 又要群众满意度
10. 搬迁补偿安置 政策为先 真心热心爱心 民心为重
11. 不信谣言不观望 搬迁权益有保障
12. 留下心中乡愁 搬向幸福未来
13. 签约放心 搬迁顺心 选房称心
14. 搬迁政策有法度 自作聪明要吃亏
15. 相信政府相信党 早签协议早挑房

新机场拆迁村回迁安置领钥匙现场条幅

1. 举党建之旗 凝党员之力 迎回迁之喜
2. 党建引领回迁安置 党员带头服务居民
3. 党建引领回迁安置 党员带动社区发展
4. 迎乔迁喜事 树党员风范

5. 党员干部勇于担当 回迁居民喜迎新居

6. 党员干部勇于担当 回迁居民安心入住

7. 党委发令 支部响应 党员带动 居民安心入住

8. 新房新气象 党员展新貌

9. 树立党员典范 共享美好家园

2018 年 10 月 1 日条幅明细表

1. 积极配合搬迁工作　早日开始崭新生活（印 3 条，每条 8 米长）

2. 以人为本　和谐搬迁　真情服务　保障权益（印 3 条，每条 8 米长）

3. 阳光操作　公平公正（印 3 条，每条 5 米长）

4. 大智慧早签约　小聪明失良机（印 3 条，每条 8 米长）

5. 漫天要价必吃亏　积极签约定受益（印 3 条，每条 8 米长）

6. 面对现实谈补偿　主动降低期望值（印 3 条，每条 8 米长）

7. 积极配合丈量清登　阳光操作公正公平（印 4 条，每条 10 米长）

8. 清清楚楚清登　明明白白搬迁（印 4 条，每条 10 米长）

各村拆迁宣传条幅（每村 26 条）

1. 早签约　早日选上称心如意楼房（7 米）

2. 机场建设　国家工程　规定时限　依法拆迁（8 米）

3. 坚持一把尺子到底　始终做到公正透明（8 米）

4. 重法律　讲道理　做遵纪守法文明公民（8 米）

5. 早签约　早选房　早搬迁　早受益（7 米）

附录二 文艺作品

开工在眼前

——写在北京大兴国际机场开工建设之际

作者：大吉

2014 年的冬天
北京 大兴 榆垡礼贤
没有隆重恢弘的场面
悄然中开工在眼前……

开工在眼前
我们呼唤了一遍又一遍
每一次总是泪流满面
像一个不解风情的少年

开工在眼前
我们一起走过了从前
选址 立项 规划 环评公参
每一章都写下了诗篇

记不得熬过了多少夜晚
记不得倾注了几多企盼
记不得梦中多少次相见
记不得你朦胧的容颜

只记得责任与奉献
只记得许下的诺言
只记得管控 服务和拆迁
只记得为你读了新书一卷卷

开工在眼前
我们等待了一年又一年
生命中如果有绚烂
就是你深情的这一瞬间

开工在眼前
我们携手津冀向明天
大风中我放声歌唱
唱出 2019 年更美好的那一天

不知道爱你在哪一点

不知道盼你从哪一年
不知道追你还会有多远
不知道想你还有没有边

只知道开工在眼前
只知道挑战 机遇与发展
只知道你是百姓福祉
只知道你是国际一流 世界领先

（2014 年 12 月 26 日）

喜闻机场叫大兴

作者：北京新机场建设大兴区筹备办公室 张庆乐

机场命名大兴，手机瞬间刷屏。
兴奋激动自豪，高兴满意动情。
大兴吉祥响亮，好找好记好听。
东航南航首航，乘机请来大兴。
大兴物华天宝，绿海田园胜景。
西瓜葡萄桑葚，南海麋鹿行宫。
大兴人才辈出，古来人杰地灵。
张华李冶宪之，松石鉴泉林清。
眺望京南首邑，紫气祥云飞升。
今人不输古人，吾辈万丈豪情。
牢记领袖嘱托，不忘历史使命。
世界领先机场，绿色智慧航城。
国际交往门户，首都标志工程。
凤凰展翅在即，国家引擎发动。
三地协同发展，描绘锦绣前程。
南望雄安新区，北看通州新城。
来年您看大兴，中华复兴缩影。

注解：

1. 大兴区史称“天下首邑”，又有“首都南菜园”之称，盛产西瓜、葡萄、桑葚、梨、蔬菜等农产品，其中，庞各庄西瓜全国闻名。大兴区每年定期举办西瓜节、葡萄节、桑葚节、梨花节、春华秋实采摘节等活动。

2. 大兴区南海子又称南苑，历史上为北京最大湿地，是辽、金、元、明、清五朝皇家猎场和明清皇家苑囿，“南囿秋风”为 “燕京十景”之一。团河行宫为清代乾隆年间修建，被誉为“皇都第一行宫”。麋鹿又称为“四不像”，为中国独有，到 19 世纪时，只剩在南海子皇家猎苑内的一群。1900 年八国联军入侵，猎苑被毁，麋鹿从中国绝迹。1985 年，英国送还中国 20 头，南海子麋鹿苑为我国第一座以散养方式为主的麋鹿自然保护区。

3. 大兴代表性历史名人：

（1）张华，字茂先，西晋政治家、文学家、藏书家，编撰有中国第一部博物学著作《博物志》。大兴区榆垡镇有四个村庄名字与张华有关。

（2）李治，元代数学家，字仁卿，号敬斋。著有《测圆海镜》，这是我国现存最早的一部系统讲述天元术的著作。

（3）史可法，字宪之，号道邻，明末著名抗清将领，后人收其著作，编为《史忠正公集》。

（4）李汝真，字松石，号松石道人，清代小说家，著有《镜花缘》。

（5）吴鉴泉，别名爱绅，吴氏太极拳创始人。

（6）林清，清末农民起义领袖，创建“天理教”，发动“天理教大起义”和“癸酉之变”。

4. 大兴区在北京市新的规划中定位为：面向京津冀的协同发展示范区、国家科技创新引领区、首都国际交往新门户、城乡发展深化改革先行区。

5.2017 年 2 月 23 日，习近平总书记考察北京新机场时指出：“北京新机场是国家重大标志性工程，是国家发展的一个新的动力源。”

6. 依中国民航总局批复：北京新机场将由天合联盟成员运营，南航、东航为主基地运营公司，此外还有首都航空、中国邮政航空、河北航空等航空公司。

7. 北京新机场航站楼造型为放射状五指廊，形似凤凰，寓意吉祥。

8. 北京新机场为国家“十二五”规划建设的重点工程，也是京津冀协同发展，交通先行，民航率先突破的重点工程。

担 当

作者：刘梦侠

甲：一路春风追逐芬芳 我看见了你的笑容

乙：一路喜悦寻着足迹 我聆听着你的歌声

丙：一路秀色绿色画廊 我体会着你的美景

丁：一路感慨寻找答案 我阅读着你的内容

甲：行走在京南第一镇的大地上

我常常被很多的事情所感动

无论是老镇新航城　还是百姓的衣食住行

无论是老村新机场　还是榆垡的百业待兴

都会触碰着我们榆垡人每一根敏感的神经

乙：是啊　因为我们是榆垡人

务实求真 勇于担当就是我们不变的忠诚

丙：是啊　因为我们是榆垡人

勤奋努力 诚实守信才是我们恪守的家风

丁：是啊　因为我们是榆垡人

更懂得这次拆迁工作所承载的担当和使命

甲：是啊　因为我们是榆垡人

丈量准每一寸土地对得起良心对得起百姓

乙：这次有史以来大面积征地拆迁工作

对每个工作组都是一次检阅和考评

勇敢地面对还是选择退缩

答案是挑战自我勇敢前行

丁：有人说拆迁工作搞不好会伤及家庭

可我们别无选择只能义无反顾执行

因为我们对百姓的利益看得最清

因为我们对敢于担当理解得更深

甲：这次征地拆迁能否顺利进行

直接影响到新机场如期完成

乙：清晨微风中有我们脚步匆匆

傍晚星光下有我们疲惫身影

但脑海里仍想着明天的动员工作如何进行

丙：大雨狂风中我们挨家挨户了解民情

寒冬腊月里我们到各村各户调查取证

丁：风餐露宿为的是把数据搞准

一路风尘为的是把信息摸清

丙：苦吗？谁说不苦！

家中的孩子有时多日见不到母亲

那份挂念只有做母亲的体会最深

乙：累吗？谁说不累！

透支的身心也无力修整

好想回家一觉睡到自然醒

甲：每当一户丈量报告完成

一种成就感油然而生

乙：每当一份合约签字存档

一种幸福感让人亢奋

丙：每当一家纠纷终被化解

一种责任感诠释忠诚

丁：当数据收集齐全表格填写完成

当拆迁信息汇总百姓情绪平稳

我明白了榆垡人的憧憬

丙：记得那还是第一个签署拆迁合同时

全村百姓不明细则对政策信心不足

谁也不愿意在合同上签字

一个月的辛苦找不到突破口

一时间工作遇到了瓶颈

当镇领导再次动员要求

所有党员村书记要起带头作用

会后某村书记第一个拿起笔

在拆迁合同上签下自己名字

所有在场围观的群众监督观望

当手起笔落大家为他鼓掌叫好

签完字的书记如释重负笑容写满了轻松

第一个给工作组打去电话报告这个喜讯

工作组的领导接到电话难掩激动

一个七尺男儿当听到对方说 合同已签完请领导放心

他再也忍不住内心多日的委屈 辛苦 压力

顿时眼泪夺眶而出泣不成声

乙：哭吧！哭吧！哭吧！

人生第一次以泪洗面

这不是苦涩的泪水

这是喜悦的象征

这是最纯粹的善良

这是对百姓的深情

丁：多少次风雨兼程

让我们难忘终生

多少次为了一份合同的完成

睡梦中激动的劝导把爱人惊醒

多少次夜深人静

望着老母亲又增添的皱纹

看着小女儿那纯真的笑容

和爱人睡梦中憔悴的脸庞

再也管不住羞涩的泪水

一种愧疚自责彻夜难平

乙：就要搬家了

几代人居住过的老院落

明天就要被拆平了

门前那棵老槐树也会被连根拔起

老书记久久地坐在院子里

望着满天的繁星眼角挂着泪痕

他知道老院明天就不存在了

看着这满目疮痍——老泪纵横

今晚的月亮好圆呀

只有你愿意陪我到天明

月亮啊月亮你告诉我这样做的初衷

星星啊别总是眨眼睛

帮我做个两全的选择

我懂得舍小家为大家

简单的道理是非分明

可我就是难舍难离呀

从小陪我长大的环境

月亮啊不说了我要走了

我会把记忆留在心中

我会让深情留住永恒

甲：我们每个人都懂

榆垡镇的梦想需要践行

新航城的建设需要包容

每一个家庭顺利丈量就是给我们的收成

乙：每一份合同如约签署就是对我们的考评

丙：一颗心始终是滚烫　百姓冷暖挂在心上

丁：一份爱人民会考量　大道无垠勇于担当

甲：我们要用辛勤的汗水浇灌家园的美景

丁：我们要把党的温暖播洒在老百姓心中

丙：我们要用燃烧的激情点燃腾飞的新航程

乙：我们要让灵秀的新航城

合：炫彩飞舞　昂首启程

老 院

作词：刘梦侠

今天的月亮好圆好圆
只有你愿意和我做伴
面对几代人居住过的老院
拆迁让我难以忠孝两全

明天的老屋不复存在
只有你永远让我怀念
想起几代人生活过的屋檐
不由老泪纵横失落难掩

月亮啊月亮
请你告诉我个答案
我知道舍小家是为国家
可我就是难舍难离对老院的情感

月亮啊月亮
请你转达我的夙愿
我懂得拆老院是建新院
可我就是难以割舍老院的从前

今天的月亮好圆好圆
请你记住我不会走远
新家园就是我的名片
我会一直把你陪伴一直到永远

担 当

作词：刘梦侠 王 静

窑洞土炕一碗热汤
还是当年熟悉的老乡
爱看皮影爱听老腔
问寒问暖语重心长

就是这样唠着家常
还是当年善良的老乡
盘腿围坐暖暖土炕
问长问短终生难忘

日子过得是否舒畅
孩子能否都有学上
家里是否都有余粮
老人能否得到赡养

（背景合唱）
小康不小康关键看老乡

老乡不老乡关键看粮仓

粮仓不粮仓关键看乡长

乡长不乡长关键要担当

（背景合唱——老腔或道情，陕西特色民歌均可）

啊！一颗心始终是滚烫

百姓冷暖挂在心上

一份爱人民会考量

大道无垠携手兴邦

咱村咱家祁各庄

快板作者：郑俊华

（8 人合）竹板一声响四方，说说咱村祁各庄，说说咱村哪，祁各庄

1. 二〇一八金秋到　　2. 天时地利那好风光

3. 机场征地那逢拆迁　　4. 政策法规送手边

5. 公告贴上了公示栏　　6. 清登物产量长宽

7. 一把尺子量到底　　8. 阳光操作那不一般

（1 和 2）拆迁腾退有日期　　（3 和 4）党员干部一带一

（5 和 6）十万奖励按天算　　(7 和 8) 守法的公民不吃亏

1. 百姓心中有杆秤　　2. 高高兴兴那把字签

3. 银行金卡摆上台　　4. 百姓心里那乐开怀

5. 插进卡槽仔细看　　6. 嘿，七位数字站一排

7. 拔地而起的回迁楼　　8. 感谢咱们政府有宏谋

（8 人合）安居才是第一事，知道咱百姓真诉求

1. 老人那跷脚数一遭　　2. 数了一遭是又一遭

3. 一窗更比一窗亮　　4. 那个一层更比一层高

5. 敲锣打鼓进新居　　6. 窗开两扇暖风吹

7. 水边竹林那蓬蓬绿　　8. 花间蝴蝶那双双飞

（8 人合）万顷绿树万顷花，航空城下咱的家

1. 永兴河岸咱走一走　　2. 瞧一瞧来瞅一瞅

3. 穿过丛林去机场　　4. 一带多廊临空港

5. 说走就走去旅游　　6. 走到哪里都不发愁

7. 放眼一望马路宽　　8. 银杏碧桃站两边

（1、2、3、4 合）丛丛花朵迎风笑，好街好巷好景观

（5、6、7、8 合）大野环翠层层春，万亩笼盖暖暖熏

1. 小区内外花不少　　2. 高低错落别样好

3. 花间插绿七彩树　　4. 五色的小草树下住

5. 听一听来看一看　　6. 你访一访来转一转

7. 拆迁农民的新生活　　8. 如日中天那阳光灿

（1、2、3、4 合）如今咱也农转非，三险五险大步追

（5、6、7、8 合）养老医疗事体大，工作上门不用催

（1 和 2）转居农民不一般，心界更比眼界宽

（3 和 4）放下锄犁即歌舞，精神抖擞力量添

（5 和 6）拆迁日子锦添花，精神物质两手抓

（7 和 8）小康还需携手奔，梦想成真靠大家

（1、2、3、4）咱家的亲，咱家的邻，咱家的日子美煞人

（5、6、7、8）咱村的我，咱镇的您，礼贤镇的百姓抖精神

（8 人合）抖——精——神

大兴新歌

快板作者：李书国

改革开放喜讯传，
迎来那阳光明媚暖人间，
美丽的大兴多好看，
时尚耀眼闪光环。
我身为咱们大兴人，
亲历了改革开放四十年。
四十年咱大兴区，
日新月异沧桑变，
我激动的心情不隐瞒，
先向朋友们问声好，
恭祝您幸福平安多挣钱，
永平安，多挣钱，
这日子才能比蜜甜。
我们的家乡大兴区，
日新月异展新颜，
城镇化建设大发展，
要建成宜居宜业的美家园，

人民的生活大改善，
如今的大兴传美谈，
是首都靓丽的风景线，
硕果累累不平凡。
在党的英明领导下，
咱大兴高歌时代唱主旋，
您来看，咱们南有国门新机场，
永定河环绕在西边，
东有亦庄开发区，
那可是世界文明的科技园，
两河一轴文化带，
新媒体产业美名传，
人杰地灵风水好，
就如同天宫瑶池仙境般。
拆迁腾退一片片，
受益的百姓有万千。
咱大兴可是不简单，
改革开放人心欢，
方方面面大发展，
和谐稳定谱新篇。
往东南看，您仔细听，
新机场正在建设中，

咱敢于担当的大兴人，
舍小家顾大家为国家的机场建设开绿灯，
只待那 2019 国庆日，
大飞机凤凰展翅要腾空，
到那时咱祖祖辈辈种地的庄稼汉，
也能够在家门口登上飞机双脚离地奔天空，
游巴黎、逛东京，
荷兰巴西意大利，
马尔代夫阿根廷，
世界的名胜古迹全游遍，
咱大兴人也能够在世人面前，
扬眉吐气地抖威风。
外国朋友朝咱伸出大拇指，
OK,OK 喊连声，
您说咱们威风不威风，
您仔细看，您放眼观，
大兴的发展多壮观，
成排的高楼平地起，
咱大兴人眉开眼笑心里甜，
这真是：新时代、新气象，
咱大兴也赶新时尚，
新小区、新楼房，

华灯璀璨排成行，
买新车、娶新娘，
半辈子光棍成新郎，
终于睡上了崭新的双人床。
咱大兴西有永定母亲河，
那又是大兴的好景观，
它从西北到东南，
把大兴围了半个圈，
就好像一条蛟龙蜿蜒卧，
陪伴咱们大兴几千年。
我从小生活在河边，
历历往事记得全，
小时候跟着我的爷爷永定河里打过鱼撒过网，
提拉着围灯我划过船，
这永定河见证着大兴的发展史，
这永定河记载着大兴人的苦辣酸甜。
现如今您再看咱那风景如画的左堤路，
路上的游人走得欢，
他们三成群、俩为伴，
观光采摘心里甜，
我听说呀，永定河生态修复要通水，
又给咱大兴添景观，

有湖泊、有沙滩，
有湿地、有公园，
绿树成荫河两岸，
奔流的河水之上走游船，
仙境一般的醉人景，
您何必再去海南花那个旅游的冤枉钱。
您来大兴吧！走一走、转一转，
瞧一瞧、看一看，
停一停、站一站，
您用用大兴的瓢和盆，
您尝尝大兴的农家饭，
您会感到美丽的大兴变化大，
一片生机、春意盎然。
喜讯频传气象新，
再看看大兴的新农村，
现代化的新居明又亮，
文化大院特别棒，
能跳舞能唱戏，
写字画您随意。
庞各庄的西瓜大又圆，
品种优良特别甜，
有的绿有的黄，

有的方来有的长，
有的有瓤没有籽，
有的有籽是大红瓤，
有的个大有的个小，
有的皮薄有的籽少，
咬一咬您尝一尝，
吃上一口赛蜜糖。
京南有一个梨花村，
万亩梨园气象新，
有雪花梨、金把黄，
皮薄个大赛蜜糖，
在过去它给皇上进过供，
那时候您看上一眼都荣幸，
看今天果实累累挂满枝，
观光采摘您随便吃。
有人说大兴没山又没水，
旅游的全去京西京东和京北，
这话说得可不对，
我们大兴的美景令人醉，
绿海田园望无边，
好马全都爱平川，
念坛公园景色美，

绿树蓝天青青的水，

南海子公园面积大，

成群的麋鹿成佳话，

城里人成群结队到京南，

来看看大兴的野生动物园。

咱们大兴天天都在变，

真是越变越好看。

咱大兴村村都有农家院，

旅游采摘很方便，

要钓鱼有池塘，

要想住宿有客房，

想喝酒您甭发愁，

我们有正宗的二锅头。

咱大兴天天都在变，

真是越变越好看。

大兴的发展噌噌噌，

大兴的进步咚咚咚。

改革开放就是一股强劲东风，

吹绿了地，吹蓝了天，

吹红了蓬勃发展的新大兴，

吹得人心暖，吹得春意浓，

吹得百花开，吹得万物萌。

咱大兴人手挽手，肩并肩，
小康路上跑得欢，
十九大精神指方向，
树立核心价值观，
撸起袖子加油干，
拼搏奋斗谱新篇，
让今天的大兴更美好，
让明天的大兴幸福闪耀美名传。

点赞榆堡

化妆数来宝作者：李书国

合：我们两个走上台

高高兴兴唱起来

甲：后台的同志让我们做代表

先向朋友们问声好

乙：（白）尊敬的各位领导，亲爱的观众朋友们

大家 × × 好

甲：只要观众一鼓掌

演员的情绪往上涨

我先说咱们榆堡的变化大

精神文明传佳话

榜样模范事迹多

我俩给您慢慢说

乙：哎！您别着急别着慌

我先去后台化个妆（走下舞台）

甲：他到后台去化妆

我一人在台上开个腔

榆堡新城气象新

新建的小区更温馨

生活新，观念新

榆垡人民很舒心

幸福生活有爱心

工作学习更欢心

把榆垡打扮得满堂新

我身为咱们榆垡人

看到这个变化就醉了我的心

我每天清晨早早起

来到广场练身心

（乙上场，边走边跳做锻炼身体动作）

那边过来了一个人

他边走边跳挺精神

身上的服装真不赖

我就是感觉有点怪

他一边走一边蹦

八成是个神经病

乙：（白）说谁呢！我这叫锻炼身体你懂么

甲：（白）对不起对不起！

刚才我的眼神有点花

没看清不知道您是位老大妈

您别着急别上火

刚才这事儿全怪我

（白）大妈您高寿了？

乙：大妈我今年八十八

我耳不聋眼不花

我腰板不驼背不塌

不愁吃不愁花

一天到晚我不着家

甲：（白）都八十八了满世界跑家里人能放心么

乙：我逛公园，我遛马路

每天至少一万步

甲：（白）一万步？

乙：微信运动记得准

不到一万不过瘾

甲：（白）瞧这老太太，您天天往外跑老伴支持么

乙：（白）嗨！别提了

跟老头子净抬杠

我要出去他不让

甲：（白）那是大爷关心您，您可别生气

乙：他说我爱花钱，爱臭美，还怀疑……

甲：（白）怀疑您什么呀？

乙：怀疑我在外面有一腿

甲：咳！

乙：你说气人不气人
　　谁不知我是个安分守己的文明人
　　他为了能够控制我
　　在经济上面搞封锁
　　一分钱都不让我摸
　　还以为他的主意高呢
　　他对我又封锁又围堵
　　简直就像个特朗普
甲：（白）那您咋办呀？
乙：我一部手机全搞定
　　现金从来我不碰
　　我逛商场，我找饭辙
　　我用微信一扫就得活
　　我带着一根自拍杆
　　出门我就拍照片
　　我会打字，我会裁边
　　编好了发到朋友圈
　　把榆垡的美景全拍遍
　　让全国人民都看一看
甲：（白）您都拍什么呀？
乙：我拍广场，我拍绿地
　　看看咱榆垡多美丽

我拍唱歌，我拍跳舞
看一看榆垡人民多幸福
我拍高楼，我拍大厦
看一看咱们榆垡的新变化
我拍小区，我拍楼房
看一看回迁村民喜洋洋
我拍鲜花，我拍绿树
拍完了公园拍公路
我拍机场，我拍高速
看一看咱们的榆垡有多酷

甲：这老太太可不简单
手机玩得还挺高端
您拍的景点我很熟
要不然我亲自给您当导游
您看一看高速公路绿化带
绿树成荫真不赖
这是咱榆垡的香草园
环境优美空气甜
这是当年的永定河
到如今公路两侧爬绿萝
湿地公园麋鹿苑
曲径回廊荷花淀

新城家园面积大
空港新苑美如画
大广场，多宽阔
男女老少尽情地乐
文化活动呱呱叫
唱歌跳舞人欢笑
小区前面的榆垡路
连接着机场通高速
有银行有酒店
将来还有影剧院
有学校有医院
生活起居很方便
榆垡每天都在变
真是越变越好看

乙：（白）小伙子你对榆垡很熟啊！
我们家就在榆垡住
这里的故事我清楚
我出生就在西麻村
这里的一草一木特别亲
紧挨着美丽的永定河
我们是全国文明村
古色古香的农家院

民风淳朴真有范儿

我们这是永定河的沙土地

种出来的西瓜甜如蜜

有的绿有的黄

有的圆来有的长

有的个大有的个小

有的皮薄有的籽少

你切开一个尝一尝

咬上一口赛蜜糖

想当年为治盐碱防旱涝

政府号召种水稻

我记得稻米香，花生鼓

最难忘那花叶红瓤大白薯

看如今基础设施样样全

民俗旅游能挣钱

要钓鱼有池塘

想要住宿有客房

想喝酒甭发愁

这儿有正宗的二锅头

想滑雪有雪场

过去我想都不敢想

到如今新机场建在咱的家

老太太我心里乐开了花

乐开花我笑开怀

到明年要迎接五湖四海的贵宾来

鸟语花香醉京城

咱榆垡人用最美的环境来欢迎

甲：马路宽村舍新

让他看一看

看看咱中国的新农村

乙：语言美民风淳

让他瞧一瞧

瞧瞧咱文明的榆垡人

甲：咱榆垡人最好客

让外国朋友到咱家里坐一坐

合：对，到咱的家里坐一坐

甲：过去的农村环境差

到如今农村管理社区化

现代化的民居明又亮

文化大院特别棒

能跳舞能唱戏

写字画画您随意

乙：要感谢政府感谢党

在过去这样的日子都不敢想

养老金我花不完
现在天天像过年
我逛大街逛公园
做一个文明的宣传员
见了垃圾我就捡
不文明的行为我都管
谁要是乱贴小广告
遇见我他乖乖给我全撕掉
谁要是随地乱吐痰
让我看见就没完
乖乖地给我擦干净
擦完了还得写保证

甲：您做得好，您说得棒
说到了榆垡人的心坎上
这样的大妈应嘉奖
我建议咱们给大妈鼓鼓掌
咱们人人都要学大妈
好好爱好咱们这个家
党中央十九大
把北京的未来做了规划
咱要认真领会新精神
做一个文明的榆垡人

政府的指令要严执行

疏解首都非功能

拆违建查大棚

疏解整治促提升

净化空气少冒烟

让北京有一个蓝蓝的天

一张蓝图绘到底

咱不靠别人靠自己

乙：大妈我活了八十多

赶上了豪华的末班车

甲：咱要甩开膀子加油干

宏伟的目标定实现

乙：朋友们，明年的小年我八十九岁

咱们到那时再相会

合：对！咱们到那时再相会！

附录三 礼贤镇、榆垡镇拆迁村名录

乡镇： 礼贤镇									
序号	村庄名称	村庄面积（亩）	户数	户籍人口数	拆迁时间	拆迁项目	一期回迁时间	二期回迁时间	备注
1	辛家安村	1901.95	123	432	2015.7	北京新机场项目	2018	无	
2	大马坊村	3416.88	216	890	2015.7	北京新机场项目	2018	无	
3	贺南村	2375.00	183	832	2016.7	大兴区礼贤镇贺南村协议拆迁安置项目	2018	待定	
4	祁各庄村	4789.06	311	1443	2018.7	北京新机场高速公路工程项目（礼贤段）	2019	待定	
5	前杨各庄村	2289.07	130	592	2018.8	礼贤镇北京新机场噪声区治理和周边综合治理项目	2019	待定	
6	后杨各庄村	1787.26	116	320	2018.8	礼贤镇北京新机场噪声区治理和周边综合治理项目	2019	待定	
7	东梁各庄村	2802.47	225	947	2018.8	礼贤镇北京新机场噪声区治理和周边综合治理项目	2019	待定	
8	西梁各庄村	3126.99	219	1029	2018.8	礼贤镇北京新机场噪声区治理和周边综合治理项目	2019	待定	
9	石柱子村	1961.89	150	641	2018.8	礼贤镇北京新机场噪声区治理和周边综合治理项目	2019	待定	
10	西里河村	5935.21	496	2065	2018.8	礼贤镇北京新机场噪声区治理和周边综合治理项目	2019	待定	
11	东白疃村	3241.19	182	805	2018.8	礼贤镇北京新机场噪声区治理和周边综合治理项目	2019	待定	
12	礼贤一村	2657.91	393	1424	2018.11	大礼路、青礼路及新建城际铁路联络线项目	2019	待定	
13	礼贤二村	6029.60	522	1979	2018.11		2019	待定	
14	礼贤三村	3310.43	463	1525	2018.11		2019	待定	
15	田家营村	3400.42	298	1074	2018.11		2019	待定	

乡镇： 榆垡镇							
序号	村庄名称	村域面积（亩）	户数	户籍人口数	拆迁项目	搬迁时间	回迁时间
1	北化各庄	1300	132	434	北京大兴国际机场项目	2015.5	2018.9
2	南化各庄	1708	147	472	北京大兴国际机场项目	2015.5	2018.9
3	东宋各庄	1725	132	500	北京大兴国际机场项目	2015.5	2018.9
4	西宋各庄	1861	182	420	北京大兴国际机场项目	2015.5	2018.9
5	崔庄屯	1282	56	196	北京大兴国际机场项目	2015.5	2018.9
6	公各庄	1454	76	270	北京大兴国际机场项目	2015.5	2018.9
7	郭家务	2440	172	574	北京大兴国际机场项目	2015.5	2018.9
8	南各庄	6614	873	2692	北京大兴国际机场项目	2015.5	2018.9
9	南黑垡	3579	170	665	北京大兴国际机场项目	2015.5	2018.9
10	南庄	2394	120	381	北京大兴国际机场项目	2015.5	2018.9
11	朱家务	5233	247	1125	北京大兴国际机场项目	2015.5	2018.9
12	东押堤	3162	189	831	北京新机场噪声区治理和周边综合治理项目	2018.7	
13	西押堤	1713	141	586	北京新机场噪声区治理和周边综合治理项目	2018.7	
14	香营	2458	123	582	北京新机场噪声区治理和周边综合治理项目	2018.7	
15	小店	2248	181	747	北京新机场噪声区治理和周边综合治理项目	2018.7	
16	崔指挥营	3726	181	1011	北京新机场噪声区治理和周边综合治理项目	2018.7	
17	石佛寺	1866	151	719	北京新机场噪声区治理和周边综合治理项目	2018.7	
18	刘各庄	1722	105	475	北京新机场噪声区治理和周边综合治理项目	2018.7	
19	贾家屯	2014	156	710	北京新机场噪声区治理和周边综合治理项目	2018.7	
20	辛村	3808	237	1100	北京新机场噪声区治理和周边综合治理项目	2018.7	

续表

乡镇：　榆垡镇							
序号	村庄名称	村域面积（亩）	户数	户籍人口数	拆迁项目	搬迁时间	回迁时间
21	曹各庄	1831	129	556	北京新机场噪声区治理和周边综合治理项目	2018.7	
22	小押堤	629	38	250	北京新机场噪声区治理和周边综合治理项目	2018.7	
23	东庄营	5743	330	1815	北京新机场噪声区治理和周边综合治理项目	2018.7	

后记

在令世人瞩目的北京大兴国际机场即将投入使用之际，与之伴随的《北京大兴国际机场筹建工作口述纪实》（以下简称《纪实》）也呈现在大家面前。

北京大兴国际机场被英国《卫报》评为“新世界七大奇迹”榜首，坐落在大兴区榆垡镇、礼贤镇与廊坊市广阳区交界处。2014 年 12 月 26 日举行开工典礼；2015 年 9 月全面动工；2019 年 6 月 30 日如期竣工，9 月 30 日前投入运营。它是全球最大的空地一体化综合交通枢纽，主要工程项目涉及多个“第一”，创下多个“之最”。在这庞大的工程背后，有许多鲜为人知的故事。这里的每一寸土地都牵动着祖祖辈辈在这里生活的人们的情愫，对故土的依依惜别和对美好生活的憧憬交织在一起；从选址、管控、征地到搬迁的全过程，凝聚着基层工作者的奉献精神和勇于创新工作模式的无畏精神。《纪实》的编创历时一年半，采访 30 余人，形成视频资料 27 小时，整理录音资料 26 万余字……这些“数字”

的精华终于“成就”了它的问世。

《纪实》是一次有益的尝试。新中国成立后，北京的市政建设发生着翻天覆地的变化，土地的腾让，村落的消失，造就了纵横交错的现代化的交通设施、鳞次栉比的高楼大厦，而记录这些变迁的原始的第一手资料留存得却少之又少，开展北京大兴国际机场筹建工作口述史的编创可以说是填补了北京拆迁史上的空白。

作为“史志人”，忠实地记录机场建设区居民生活的变迁及故土难离的真情实感，展现城市化进程中的社会变化是我们的职责所在。为了使《纪实》真实、准确，市地方志办与大兴区史志办通力合作，围绕北京大兴国际机场从选址到管控、拆迁，再到居民安置等各个阶段的工作，选取和跟踪为北京大兴国际机场的建设做出奉献的幕后英雄以及舍弃故土的百姓们，从2017年5月开始，陆续对其进行访谈。他们以当事人的视角，诉说动迁过程，表达实情实感，让我们百感交集，心境难平。在这里，我们要感谢大兴区广播电视局原副局长肖洪斌亲自为本书作序，大兴区发改委原副主任沈五一积极参与访谈中的具体工作，中国书店出版社总编辑马建农力推此书出版，同时，他们在此书的篇目设置、内容编排、形式设计上也给予了许多创新性的建议，使《纪实》能够在口述史类图书中以新颖的面貌问世。我们还要特别感谢大兴区机场办、礼贤镇政府、榆垡镇政府的领导和同志们对于访谈工作及《纪实》编写工作的主动配合、大力支持和热心帮助。

北京大兴国际机场的建设，无论在城市的建设史还是中国的发展史上都将彪炳春秋。然而，那些为机场落成而让出土地、老宅、庭院的家乡父老，那些战斗在一线的基层干部为此承担的责任使命、承受的巨大压力及踏踏实实的工作态度，更应载入史册！用口述纪实的方式把这些保留下来，是想让我们的后人在享受新机场带来的新生活的同时，记住那些“舍小家为大家”的人们和他们的事迹！

编 者

2019 年 7 月 13 日